전우치전

신묘한 도술로 강자를 속이고 약자를 도왔으나

26

전우치전

신묘한 도술로 강자를 속이고 약자를 도왔으나

전국국어교사모임 기획 · 전상욱 글 · 장선환 그림

Humanist

'국어시간에 고전읽기' 시리즈를 펴내며

고전을 읽어야 한다는 가르침은 어릴 때부터 귀가 따가울 만큼 들었다. 그러나 몸소 이를 따르는 사람은 흔치 않다. 종종 고전을 가까이하는 사람들이 있는데 이들은 대체로 삶을 헛되이 보내지 않고 훌륭한 일을 이루어 세상에 뚜렷한 이름을 남겼다. 고전 안에 그만큼 값진 속살이 들어 있기 때문이다.

고전이 이처럼 깊은 가치를 지녔는데 어째서 고전을 읽는 사람은 흔치 않을까? 아마도 고전이 사람을 쉽게 끌어당겨 주지 않기 때문일 것이다. 고전은 우리에게 섣불리 손짓을 하지도, 눈웃음을 치지도 않는다. 고전은 끈기를 가지고 파고들어 오는 사람에게만 마지못한 듯이 웃음을 지으며 속내를 털어놓는다. 고전은 요즘보다 훨씬 무뚝뚝하던 옛날에 이루어진 삶이며 글이기 때문이다.

그래서 우리는 청소년들이 고전을 즐겨 읽을 수 있도록 마음을 다했다. 뻣뻣하고 까칠한 고전을 달래서, 부드럽고 친절하게 청소년을 끌어당기도록 손을 쓰고 공을 들였다. 멋없이 무뚝뚝하던 고전을 정성껏 매만져서 두 팔을 활짝 벌리고 청소년들을 끌어안을 수 있도록 탈바꿈했다.

고전은 이제 온전히 겉모습을 바꾸어 청소년들을 맞이할 것이다. 자칫 속살까지 탈바꿈한 것처럼 보일지 몰라도 책을 읽다 보면 예스러운 고전의 맛과 멋을 한껏 느낄 수 있을 것이다. 우리는 무엇보다도 고전이 고전다운 속내와 뼈대를 온전하게 지니도록 하는 데 힘을 쏟았다.

고전은 시공간을 뛰어넘고, 나라와 겨레를 뛰어넘어 세상 모든 사람에게 큰 울림을 준다. 《시경》, 《탈무드》, 《오디세이아》, 셰익스피어와 괴테의 작품이 세상 모든 이에게 가르침을 주듯이, 우리의 고전도 모든 이에게 값진 가르침을 줄 것이다. 가르침이 서로 다르기는 하지만 높낮이가 있는 것은 아니다. 그러므로 세상 고전을 두루 읽어야 하는 것이나, 우리는 우리네 고전부터 읽는 것이 마땅한 차례다.

이런 뜻으로 전국국어교사모임에서 '국어시간에 고전읽기' 시리즈를 펴낸 지 십 년이 되었다. 누구나 두루 즐기며 읽을 수 있도록 쉽게 풀어 쓰고 맛깔나고 재미있는 작품으로 재창조하려고 무던히도 애썼다. 다행히도 많은 독자로부터 분에 넘치는 사랑을 받았고, 우리 고전을 가까이하고 즐기는 청소년들이 많이 늘어 고마울 따름이다.

지난 십 년처럼 묵묵하게 이 시리즈를 이어 갈 생각으로 첫 마음을 되새기며 글과 그림을 더하고 고쳐 좀 더 새로운 얼굴의 우리 고전을 세상에 다시 내놓으려 한다. 이 책을 통해 우리 청소년들이 풍성하고 가치 있는 고전의 바다에 풍덩 빠질 수 있기를 기대해 본다.

2012년 11월
전국국어교사모임

《전우치전》을 읽기 전에

고전문학 작품을 읽는다는 것은 무슨 의미일까요? 오래된 과거에 만들어진 작품을 지금 우리는 어떤 마음으로 읽어야 하는 걸까요? 100년도 훨씬 전 조선 시대의 소설이 여러분에게 자연스럽고 재미있게 다가오지 않는 것은 당연한 일입니다. 그 작품은 기본적으로 그 시대의 독자들을 위해 만들어진 것이기 때문입니다. 그러나 좋은 작품은 그 시대의 독자들만 만족시키는 것이 아니라 시대를 초월하는 매력을 지니고 있습니다.

　작품이 만들어진 당시에는 아무리 훌륭한 의미가 있었다고 하더라도, 지금 우리에게 아무런 감흥이 없다면 그 작품은 생명력을 가지지 못합니다. 반대로 지금 우리에게 무언가 중요한 메시지를 던져 준다고 생각되더라도, 당시에 어떤 의미로 만들어지고 읽혔는지 알지 못한다면 그 작품의 진정한 의미를 파악하지 못하는 겁니다. 그래서 고전문학 작품을 대할 때 우리는 '당대적 의미'와 '현재적 가치'를 아울러 발견할 수 있도록 노력해야 합니다.

　〈전우치전〉은 구체적으로 언제 누가 만들었는지 확인할 수 없는 조선 후기의 한글소설입니다. 당시에 한글소설을 즐겨 읽던 사람들은 소위 금수저가 아니라 흙수저를 물고 태어나 삶이 힘겨운 경우가 대부분이었습니다. 그러나 자신의 운명적인 삶을 그대로 받아들이기만 한 것이 아니기 때문에 꿈을 꾸고 희망을 가지려고 했습니다. 문학 중에서 소설은 특히 그러한 꿈과 희망을 자극하는 장르입니다. 따라서 〈전우치전〉에는 조선 후기 민중들의 마음이 들어 있습니다. 그들이 꿈꾸었던 세상이 우리에게는 좀 허무맹랑하고 합리적이지 않게 보일 수 있습니다. 그러나 그 당시의 독자들은 우리와 조금 다르게 작품을 읽었을 수도 있습니다.

초등학생 때 읽었던 작품을 중·고등학생 때 다시 읽으면 새롭게 느껴지는 부분이 있다는 것을 경험해 봤을 겁니다. 문학 작품이 아니더라도 노래나 영화 같은 것으로 확인해 볼 수도 있었겠습니다. 우리가 사는 현실은 단 한 순간도 멈추어 있지 않고 계속 바뀌어 가고, 우리 자신도 쉼 없이 변화하기 때문입니다. 최근 3~4년 동안 우리가 경험했던 현실은, 그 이전에 익숙하게 생각했던 것을 다시 고민하게 하는 기회를 주었습니다. 〈전우치전〉에는 기본적으로 환상적인 도술이 주는 판타지적 즐거움이 있지만, 그 외에도 국가와 개인, 힘있는 사람과 힘없는 사람의 관계에 대해서 우리에게 던지는 메시지도 들어 있습니다. 〈전우치전〉이 새롭게 읽힐 수 있는 가능성이 여기에 있습니다.

완전무결한 성격에 삶에 대한 진지한 성찰까지 갖춘 영웅이 주는 교훈도 있지만, 전우치처럼 장난스럽고 어딘가 허술해 보이는 영웅 같지 않은 영웅이 주는 매력도 분명 있을 겁니다. 옛날 사람들의 마음을 읽어내려고 노력하면서, 지금의 나와 우리 주변을 다시 돌아본다는 생각으로 〈전우치전〉을 읽어 보면 어떨까요?

2018년 12월
전상욱

차례

이야기 속 이야기

네 이미 호정을 먹었으니

천문과 지리를 통달하고,

지살 일흔두 가지 변화를 부릴 것이며

이것은 모두 전운치의 요술이니

이놈을 잡아야 나라가 태평하리라

전운치 태어나다

고려 말 송악산 남서부 땅에 한 이름난 선비가 있었으니, 성은 전이고 이름은 숙이요, 별호는 운화선생이라 하였다. 대대로 높은 벼슬을 하던 집안의 자손이었으나, 전숙은 벼슬에 뜻이 없어 몸을 산속에 감추고 글을 숭상하며 친구들을 모아 자연을 읊으며 세월을 보내니, 세상 사람들이 그를 '산중처사'라고 불렀다. 전숙의 부인 최씨 또한 좋은 집안 출신으로 마음이 바르고 아름다운 용모와 덕성을 겸비하였다. 부부가 서로 공경하며 십여 년 동안을 화목하게 살았으나 슬하에 자식

* 이 책은 19세기에 간행된 《전운치전》(경판 37장본)을 바탕으로 풀어 썼기 때문에, 원본의 의미를 살리는 의미에서 작품 본문에서는 '전운치'라는 이름을 그대로 두었고, 책 제목과 해설에서는 현재 일반적으로 사용하는 명칭인 '전우치'로 표기하였다.
* **송악산**(松嶽山) 개성 북쪽에 있는 산.

이 없음을 슬퍼하였다.

어느 날 최씨가 꿈을 꾸었는데, 하늘로부터 한 떼구름이 내려오면서 그 구름 속에서 푸른 옷을 입은 동자가 연꽃을 손에 쥐고 나와 부인에게 절을 하면서 말하였다.

"소자는 영주산에서 약초를 캐던 선동(仙童)이온데, 하늘에 죄를 지어 인간 세상으로 쫓겨났으나 갈 곳을 모르오니, 부인은 소자를 어여삐 여기소서."

부인이 크게 기뻐하면서 무언가를 물어보려고 하다가 꿈에서 깨어났다. 부인이 몸과 마음이 황홀하여 남편에게 꿈 이야기를 하자, 전숙이 듣고 나서 말하였다.

"우리의 팔자가 기박하여 자식이 없을까 봐 슬퍼하였더니, 이제 부인의 꿈이 이러하니 이는 반드시 하늘이 귀한 자식을 점지해 주심이라."

과연 그 달부터 태기가 있어 열 달이 지난 어느 날, 아름다운 구름이 집을 빙 두르더니 좋은 향기가 진동하였다. 전숙은 집 안을 깨끗이 청소하고 출산할 때를 기다렸다. 부인이 아기를 낳느라 정신이 없던 중, 눈을 들어 보니 전에 꿈에 보았던 동자가 다가오니, 반가워하면서도 또 정신이 아득하더니 마침내 옥동자를 출산하였다.

전숙이 크게 기뻐하여 부인을 보살피면서 아이를 살펴보니, 용모가 화려하고 기골이 장대하였다. 전숙이 기뻐하며 말하였다.

"이 아이는 꿈에 보았다던 그 동자이니 이름을 구름 운(雲)에 이를

● **영주산**(瀛洲山) 중국 전설에 나오는, 신선들이 사는 산.

치(致), 운치라고 하고, 자(字)는 꿈속의 신선, 즉 몽중선(夢中仙)이라 하며, 호는 전(田)씨 집안의 아이이니 구십자(口十子)라 합시다."

전숙이 운치를 사랑하고 귀하게 여기는 마음이 비할 데가 없었다.

운치가 점점 자라 일곱 살이 되자 전숙은 아들에게 글을 가르쳤다. 운치는 매우 총명하여 하나를 들으면 열을 알아들었고, 전숙은 운치를 더욱 사랑하였다.

슬프다! 기쁜 일이 다하면 슬픈 일이 오는 것은 예나 지금이나 어쩔 수 없는 일이라. 전운치가 열 살이 되던 해에 전숙이 갑자기 병이 나서 온갖 약을 다 써 보아도 효험이 없자, 전숙은 부인을 불러 말하였다.

"내 생각에 난 머지않아 저세상으로 갈 것 같소. 아이가 다 크는 것을 지켜보지 못하는 게 가장 큰 한이오. 부인은 모름지기 슬픔을 이겨 내서 내 부탁을 저버리지 말고 운치를 잘 키워서 영화를 보고 조상 제사도 받들게 하면서 평생토록 탈 없이 잘 지내시오."

부인 최씨는 이 말을 듣고 정신을 잃고 슬피 울면서 아무 말도 하지 못하였다. 며칠 후 전숙이 세상을 떠나자 최씨는 가슴을 치면서 통곡하였다. 운치 또한 하늘같은 아버지의 은혜를 생각하며 자주 기절하니, 경황이 없는 가운데 최씨는 운치를 염려하여 극진히 위로하였다. 운치는 비록 나이는 어렸지만 예의에 어긋나지 않도록 극진히 장례를 치르고 선산에 안장하였다. 그리고 어머니를 모시고 삼년상을 지극한 효성으로 지내니 마을 사람들이 모두 감탄하였다.

• **구십자(口十子)** '田(전)'이라는 한자는 '口(구)'와 '十(십)'이 합성된 모양이므로 호를 이렇게 지은 것이다.

구미호에게 도술을 배우다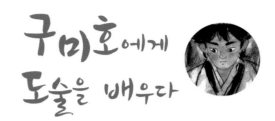

전숙의 친구인 윤 공은 세상의 글을 넓게 익혀서 앞일을 밝게 헤아릴 수 있는 사람이었다. 운치가 서책을 가지고 윤 공에게 가서 공부를 배웠다.

하루는 운치가 일찍 일어나 책을 가지고 산을 넘어 서당으로 가는데, 무성한 대나무숲 속에 어떤 여자가 흰옷을 단정히 입고 앉아 울고 있었다. 운치는 못 본 척하고 그냥 지나쳐 갔다. 윤 공에게 글을 배운후 집으로 돌아올 때 다시 보니, 그 여자가 그때까지 여전히 울고 있었다. 이상하게 여기고 가까이 다가가 보니 나이는 열대여섯 살쯤 되어 보이고, 옥같이 아름다운 얼굴과 예쁜 태도가 운치의 마음을 흔들었다.

운치가 그 여자를 위로하며 물었다.

"낭자는 어느 곳에 살며, 무슨 일로 아침부터 한낮이 되도록 슬피 울고 있습니까?"

그 여자는 울음을 그치더니 부끄러움을 머금고 대답하였다.

"나는 이 산 아래 살고 있는데, 서러운 일이 있어서 울고 있습니다."

그러고는 더 자세한 이유를 말하지 않으려 하였다.

운치가 그녀의 곁으로 다가가 다시 간곡히 묻자, 여자가 마지못해 억지로 말하였다.

"나는 맹 어사의 딸입니다. 다섯 살 때 어머니를 잃고 계모가 들어왔는데, 계모는 아버님께 나의 죄를 거짓으로 고해 나를 죽이려고 하였습니다. 그래서 밤낮으로 서러워하며 스스로 목숨을 끊으려 하였으나 차마 그렇게 하지 못하고 이같이 울고 있습니다."

운치는 이 말을 듣고 너무 불쌍하게 생각되어 이렇게 말하였다.

"사람이 죽고 사는 것은 하늘에 달려 있는 것이니, 낭자는 부모님께서 주신 몸을 귀히 여겨 살 생각을 하십시오."

그러고 나서 운치는 그녀의 고운 손을 잡았는데, 그 여자는 전혀 냉정한 기색이 없었다. 결국 두 사람은 기쁜 마음으로 한몸이 되어 즐거움을 나누었고, 이윽고 서로 떠날 때에 헤어짐을 못내 아쉬워하며 돌아갔다.

이튿날 운치가 윤 공에게 가다가 그곳에 이르니 그 여자가 나와 운치를 불렀다.

"내 벌써 이곳에 와 공자를 기다린 지 오래되었습니다."

운치도 반가워 손을 잡고 즐기다가, 아직 여기에 있으라고 말하고 우선 서당으로 갔다.

서당에 도착하니 윤 공이 운치에게 말하였다.

"네 오다가 여자를 범하였으니 글을 배운다 해도 천지의 조화를 통하지 못할 것이다. 네 이제 돌아가면 그 여자를 만날 것인데, 그 여자는 입에 구슬을 머금고 있을 것이니 그 구슬을 빼앗아다가 나에게 보이거라."

운치가 윤 공의 명을 받고 그 여자를 만나 고운 손을 잡고 대숲 속에 들어가 사랑을 나누면서 보니 정말 입에 구슬이 있었다. 운치가 한 번 구경하기를 청하였지만 여자가 기꺼이 보여 주지 않으니, 운치가 정색을 하며 말하였다.

"낭자도 규중에 있는 처녀요 나도 혼인하지 않은 총각이니, 서로 부모님께 말씀드리고 한 쌍의 원앙새처럼 백년해로하고자 하거늘, 어찌 낭자는 나의 뜻을 따르지 않으시오?"

그 여자는 이 말을 듣고 인정을 이기지 못하여 서로 입을 대고 혀를 내어 구슬을 굴려 운치의 입에 넣어 주었다. 운치가 받아 입에 넣고 오랫동안 돌려주지 않으니, 그녀는 보채다 못하여 운치의 입을 벌리고 꺼내려 하였고, 운치는 구슬을 삼켜 버렸다. 운치의 입에 구슬이 없음을 보고 그녀는 한마디도 못하고 소리 내어 울면서 들로 내려갔다. 운치도 무안하여 돌아와 윤 공에게 자초지종을 다 고하니, 윤 공이 말하였다.

"네 이미 호정을 먹었으니 천문과 지리를 통달하고, 지살 일흔두 가지 변화를 부릴 것이며, 올해 사월에 진사 시험에 합격할 것이다. 그 이후의 일들은 조심하거라."

전운치는 열다섯 살이 되어서 문장은 이태백을 압도하고 필법은 왕희지를 대적할 정도가 되었으며, 호정을 먹은 후로는 여러 가지 변화에 능통하게 되었다. 이때 국가에서 소과(小科)를 실시하니, 운치가 이에 응시하여 글을 지어 바친 후 장원에 올랐다. 삼 일 동안의 유가를 마치고 집으로 돌아와 어머님을 뵈니, 최 부인은 기뻐하기도 하고 슬퍼하기도 하며 말하였다.

"네 아버님은 살았을 적에 과거 보는 것을 좋아하지 아니하시더니, 이제 네가 영광을 보여 주니 어찌 기쁘지 아니하리오."

세월이 물같이 흘러 이듬해 봄이 되자, 운치는 명산대천을 찾아다니다가 세금사란 절에 이르러 보니 천여 칸이나 되는 절집이 거미줄에 싸여 있었고 사람들은 하나도 없었다. 속으로 이상하게 생각하면서 성림사라는 절로 내려오니 네댓 명의 노승이 나와 맞았다. 운치가 세금사에 무슨 일이 있었는지 물으니, 노승이 말하였다.

"세금사와 이 절 성림사에 중이 천여 명이나 되었는데, 사오 년 사이에 두 절에 변고가 있어 사람들이 머물러 있을 수가 없게 되어 모두

- 호정(狐精) 여우의 넋. 과거에는 구미호와 같은 신비로운 여우의 입 속에 있는 구슬에 넋이 담겨 있다고 믿었다.
- 지살 중국 고대 여신선인 구천현녀가 지녔던 선술(둔갑술)인 '천강 36법'과 '지살 72법' 가운데 '지살 72법'을 이르는 말. 구천현녀는 여우를 비롯한 영물들의 스승이었으며, 구미호에게 '지살 72법'을 가르쳤다고 전해진다.
- 진사(進士) 시험 3차에 걸쳐 치러지는 과거 시험에서 1차 시험. 소과(小科)라고도 한다.
- 유가(遊街) 과거 시험 합격자가 풍악을 울리면서 벌이는 시가행진.

흩어졌습니다. 세금사는 다 비었고 성림사에는 우리뿐입니다."

운치가 말하였다.

"이는 반드시 요망한 귀신의 장난 때문이로다."

집으로 돌아와 어머니께 세금사의 일을 말씀드리니, 어머니는 앞으로의 일을 조심하라고 말하였다. 그 이후로 운치는 농사에 힘써 어머니를 봉양하였다.

하루는 운치가 세금사에 가서 공부하여 내년 과거를 보겠다고 하니, 어머니가 말하였다.

"전에 들으니 그 절에 요망한 귀신이 많아 사람을 해친다고 하던데, 어찌 그곳에 가려 하느냐?"

운치가 대답하였다.

"사악한 것은 올바른 것을 범하지 못하는 법이니, 어찌 하찮은 요물이 해칠 수 있겠습니까. 어머님은 너무 걱정하지 마십시오."

운치는 즉시 짐을 싸 세금사로 향하였다. 가는 길에 층암절벽 위에 어떤 노인 한 명이 허름한 옷에 푸른 지팡이를 짚고 한가롭게 서 있었다. 운치가 나아가 예의를 갖추자 노인이 말하였다.

"그대는 어떤 사람이기에 수고롭게 예의를 갖추느냐?"

운치가 대답하였다.

"노인이 계신데 제가 어찌 무심히 지나치겠습니까?"

노인이 말하였다.

"내 그대에게 줄 것이 있어 여기에서 기다린 지 오래라."

그러더니 소매에서 밧줄과 부적 한 장을 꺼내 주면서 앞으로 쓸데가 있을 것이라고 하고는 문득 사라졌다. 운치가 공중을 향하여 인사를 하고 밧줄과 부적을 가지고 세금사에 도착하여 시중드는 아이에게 명하여 방을 깨끗이 치우게 하고, 성림사의 중에게 저녁밥을 시켜 먹었다. 촛불을 밝히고 글을 읽고 있는데, 삼경(三更)쯤 되어 문득 한 여자가 문을 열고 들어와 곁에 앉았다. 눈을 들어 보니, 그 여자는 나이가 열네댓쯤 되어 보이고, 아름다운 용모는 모란꽃이 아침 이슬을 머금은 듯하였고, 고운 태도는 수양버들이 봄바람을 못 이기는 듯하니, 장부의 간장을 녹일 정도였다.

운치가 정신이 황홀해져서 물었다.

"낭자는 어느 곳에 살며, 이 깊은 밤에 무슨 이유로 여기에 왔습니까?"

여자가 대답하였다.

"저는 본래 양반집 여자로, 장양 태수로 가는 남편을 따라가다가 도적을 만나 식솔들은 다 죽고 물건들도 모두 잃고 저만 홀로 목숨을 건져 도망쳤습니다. 낮에는 산속에 숨었다가 밤에나 고향을 찾아 길을 가다가, 멀리 창밖으로 나오는 불빛을 보고 마을이 있다고 생각하고 왔습니다. 남자가 책 읽는 소리라는 것은 분명히 알았지만, 제 한 몸이 너무 곤란한 지경인지라 체면도 생각지 않고 들어왔으니, 원컨대 상공께서 저의 목숨을 구해 주시면 훗날 결초보은하겠습니다."

운치가 말하였다.

"길흉화복은 사람이 마음대로 할 수 없는 것이니, 낭자가 도적의 위험에서 벗어나 이곳에 오게 된 것은 또한 다행입니다. 그런데 낭자의 집은 어디이며, 나이는 몇이나 됩니까?"

여자가 대답하였다.

"제 집은 서울 남문 밖이고 나이는 열일곱입니다."

운치가 말하였다.

"나와 동갑입니다. 여기서 서울이 삼백여 리나 되니 여자가 혼자 어떻게 갈 수 있겠습니까? 실로 걱정이 됩니다."

여자가 탄식하며 말하였다.

"제 사정을 불쌍히 여겨 하룻밤 머물러 가도록 허락하여 주십시오."

운치가 대답하였다.

"내 집안이 가난하여 지금까지 아내를 맞지 못하였습니다. 내년 봄 과거에 다행히 급제한다면 혼인을 할 수 있을까 바랐는데, 오늘 밤에 낭자를 만나니 이 또한 연분입니다. 우리 둘이 인연을 맺어 평생 즐김이 어떻겠습니까?"

여자는 이 말을 듣더니 고개를 숙이고 아무 말도 하지 않았다. 부끄러워하는 그 모습이 촛불 아래에서 더욱 아름다웠다.

운치가 책상을 밀어 놓으며 말하였다.

"내가 우연히 한 말 때문에 낭자가 이렇듯 노여워하시니 도리어 내가 무안합니다. 낭자는 깊이 생각하여 하늘이 주신 운명을 그르치지 마십시오."

여자가 오랫동안 깊이 생각하더니 말하였다.

"제 한 몸이 곤란한 지경이지만 그래도 양반 사대부 가문의 사람입니다. 차라리 죽을지언정 어찌 치욕을 받아들이겠습니까? 그러나 상공의 말씀을 들어 보니 고맙기 이를 데가 없습니다. 훗날 제 원수를 갚아 주신다면 그 말씀을 어찌 따르지 아니하겠습니까."

운치가 이 말을 듣고는 마음을 걷잡지 못하고 그녀와 잠자리를 같이 하였다.

"오늘은 좋은 날이니 마땅히 합환주로 천지신명께 맹세하리라."

대나무 술병의 술을 잔에 가득 부어 먼저 마시고 또 부어 여자에게 권하니, 여자가 감히 거절하지 못하고 마셨다. 운치가 또 한 잔을 부어 권하자 여자는 굳이 사양하니, 운치가 말하였다.

"술을 한두 잔 먹는다 해서 무슨 관계가 있겠습니까?"

여자가 마지못해 먹으니, 운치가 다시 한 잔을 마시고 또 한 잔을 부어 권하였다. 여자가 끝끝내 사양하니, 운치가 정색하며 말하였다.

"여자가 남자에게 순종하여 따르는 것이 옳거늘 어찌 이렇듯 무례하오."

여자가 운치의 기색을 보고 억지로 받아 마신 후에 정신이 혼미하여 자리에 쓰러져 코를 골았다. 운치가 그제야 여자의 옷을 벗기고 가슴에 붉은 글씨로 주문(呪文)을 썼는데, 아무런 흔적이 남지 않으니 여우가 분명하다는 것을 알았다. 밧줄을 꺼내 손발을 동여매고 송곳으로 정수리를 쑤시며 방망이로 때리니, 여자가 놀라 깨어 큰 소리로 말하였다.

"상공이시여, 이 무슨 일입니까?"

운치가 크게 꾸짖어 말하였다.

● 합환주(合歡酒) 전통 혼례나 동침 시 남녀가 함께 나누어 마시는 술.

"이 몹쓸 여우 년아! 네가 이 절에서 장난을 쳐서 생명을 살해하니, 내 너를 죽여 세상의 해로움을 없애고자 여기서 기다린 지 오래되었도다."

송곳으로 두루 쑤시니, 그 요괴가 견디지 못하고 본색을 드러내어 금빛 털에 꼬리가 아홉인 여우가 되어 살기를 비니, 운치가 말하였다.

"나에게 호정 하나를 주면 너를 살려 주리라."

구미호가 말하였다.

"호정은 배 속에 있습니다. 호정보다 더 나은 천서(天書) 세 권이 있으니 목숨을 살려 주소서."

운치는 본디 글공부하는 선비인지라 책이란 말을 듣더니 반기며 말하였다.

"그 책이 어디 있느냐?"

구미호가 말하였다.

"내 굴 안에 있으니 나를 풀어 주면 가져오겠습니다."

운치가 크게 화를 내며 송곳으로 두루 쑤시니, 구미호가 말하였다.

"발 맨 것을 풀어 주면 상공과 함께 가서 책을 드리겠습니다."

운치가 그 말을 옳게 여기고 발을 풀어 주고 여우 굴로 가니, 큰 산에 커다란 바위가 있고 그 바위 아래 굴이 있었다. 그 안으로 오 리쯤 들어가니, 소나무와 대나무가 푸르고 시냇물이 잔잔한 곳에 단청 빛이 찬란한 집들이 무수히 많았다.

운치가 구미호를 앞세우고 들어가니 고운 옷을 입은 시녀들이 나와 맞으며 말하였다.

"아기씨께서 오늘 사냥하러 가셨다가 이렇게 오셨으니 맛있게 먹겠

습니다."

운치가 대로하여 작은 요괴들을 낱낱이 쳐죽이고 구미호를 송곳으로 쑤시니, 구미호가 견디지 못하고 시녀에게 말하였다.

"네 빨리 상자 속에 있는 책 세 권을 가져오너라."

요괴가 급히 가져오자 운치가 받아 들고 보니, 천서(天書)라 글자를 알아볼 수 없어 구미호에게 글 뜻을 가르치라 하니, 구미호가 말하였다.

"손을 풀어 주면 가르쳐 드리겠습니다."

운치가 송곳으로 찌르며 방망이를 드니 구미호가 포기하였다.

운치가 줄을 풀어 주지 않은 채 말하였다.

"내가 있는 절로 가자."

구미호를 데리고 세금사로 와서 술을 마신 후에 구미호를 앉히고 천서 상권(上卷)을 배워 하룻밤에 모두 다 통달하니, 정말 귀신도 생각해 내지 못할 술법이었다. 그제야 운치가 구미호의 묶인 것을 풀어 주고 등에 붙였던 부적을 떼어 천서 상권에 붙이고 말하였다.

"너를 죽여 후환을 없애려고 하였으나 도리어 네 은혜를 입었기에 살려 보내 주니 앞으로 다시는 변괴를 일으키지 말라."

구미호가 사례하고 돌아갔다.

얼마 후 문득 바람이 세게 불어 문이 열리더니 푸른 구름 속에서 외치는 소리가 있었다.

"구십자야! 내 밧줄은 찾아가고 부적은 두고 가노라."

운치가 급히 나가 보니 구름이 하늘로 올라가고 있었다. 공중을 향하여 인사를 하고 방으로 들어왔다.

그때 홀연 한 선비가 나귀를 타고 와서 집 앞 계단에 내리는데, 이는 윤 공이었다. 운치가 황망히 맞아 말씀을 드리니, 윤 공이 말하였다.

　"이 책은 선비에게 적당한 책이 아니거늘 네 어찌 보느냐?"

　운치가 미처 대답하지 못하고 있는데 윤 공이 간데없이 사라졌다. 크게 놀라 살펴보니 천서 한 권이 없어졌으니 크게 의심을 하였다.

　그때 문득 여자의 우는 소리가 가까이 들려오거늘, 운치가 나가 보니 자기 유모가 머리를 풀어 헤치고 울면서 말하였다.

　"모부인께서 어제까지 평안하시다가 하룻밤 사이에 돌아가셨으니 상공은 빨리 가십시다."

　운치가 크게 놀라 급히 서책을 챙기는데 잠깐 사이에 유모는 간데없고 천서가 또 한 권 없어졌다. 운치가 크게 화를 내며 말하였다.

　"흉악한 요물이 나를 하찮게 여겨 이같이 속이니, 내 이제 여우 굴로 가서 책을 찾고 요괴를 없애 버리리라."

　방망이와 송곳을 가지고 여우 굴로 가는데, 산과 물이 깊고 길이 아득하여 찾을 수가 없었다. 되돌아와 생각해 보니, '이 요괴의 변화는 예측하기 어려우니 이곳에 오래 머물러 있지 못할 것 같다.'

　운치가 서책을 챙겨서 집으로 돌아왔다. 상권은 부적을 붙여 놓았기 때문에 빼앗아 가지 못한 것이었다.

영리하고 교활한 옛이야기 속 여우

〈전우치전〉에서 전우치는 꼬리가 아홉 개 달린 여우인 구미호(九尾狐)로부터 도술을 습득하게 됩니다. 여우는 개, 늑대, 너구리 등과 함께 개과에 속하는 포유류 동물로, 아시아는 물론 유럽, 아메리카, 아프리카 등 거의 전 지역에 분포하고 있어 오래전부터 사람들의 이야기에 자주 등장합니다. 늑대가 남성에 비유되는 데 비하여, 여우는 대체로 여성에 비유되고, 영리하거나 교활하며 변신술에도 능한 부정적인 이미지로 그려지는 경우가 많습니다. 우리나라에 전해지는 여우와 관련된 대표적인 이야기 두 편을 함께 살펴볼까요?

여우 구슬 이야기

신이하면서도 두려운 존재인 여우에 대한 인간의 관념을 엿볼 수 있는 이야기입니다. 서당에 다니는 한 학동이 차츰 몸이 쇠약해지자 서당 선생님이 이유를 물어봅니다. 학동은 서당으로 오는 산길에서 어떤 여자가 자기 귀를 잡고 입을 맞추었는데, 그 후로부터 몸이 안 좋아지기 시작했다고 말합니다. 선생님은 그 여자가 구미호라는 사실을 알려주면서, 다음에 그 여자를 만나면 입을 맞추면서 입 안에 있는 구슬을 삼키라고 말했습니다. 학동이 여자를 다시 만나 구슬을 삼키고서 땅을 쳐다보았습니다.

하늘을 올려다보았으면 천상의 이치를 통달
했을 텐데, 땅을 내려다보는 바람에 지상의 일
만 알게 되어 풍수(風水)를 잘 보는 사람이 되었
다고 합니다. 〈전우치전〉에서 전우치가 첫 번째로
도술을 습득하는 내용과 유사합니다.

여우 누이 이야기

남매간의 갈등과 대결을 통해 여우의 부정성과 인간 중심적 질서를 드러내는 이야기입
니다. 아들을 여럿 둔 어느 부부가 딸을 간절히 원해서 산신에게 기원하여 예쁜 딸을 낳
았습니다. 그런데 딸이 자라난 어느 날부터 집에서 기르던 가축들이 하나씩 죽는 일이
발생했습니다. 가축들을 감시하던 한 아들이 막냇누이가 가축들의 간을 빼먹는 것을
목격하고 아버지에게 누이의 소행이라고 말하지만, 아버지는 이를 믿지 않고 오히려 아
들을 집에서 쫓아냈습니다. 세월이 흘러 아들은 결혼을 했고, 집안이 어떻게 되었는지
궁금해서 가 보려고 했습니다. 그의 아내가 위험하다고 말렸지만 말을 듣지 않자 병 세
개를 주면서 위급할 때 사용하라고 말했습니다. 아들이 집에 도착해 보니, 집은 쑥대밭
이 되어 있었고, 가족은 물론 부모형제들도 모두 여우 누이가 잡아먹고 없었습니다. 오
빠까지 잡아먹으려는 여우 누이를 피해 도망가던 아들은 위급한 순간 부인이 준 병들을
던져 여우 누이를 죽이고 살아났다고 합니다.

강한 자는 징치하고
약한 자는 구제하다

전운치가 집에 돌아와 천서를 보고 하지 못할 술법이 없게 되니 과거 시험을 봐야겠다는 뜻이 사라졌다. 스스로 생각하기를 '내 벼슬하여 어머님을 봉양하려면 자연히 시간이 오래 걸리리라.' 하였다. 한 계교를 생각해 내어 몸을 흔들어 선관의 모습이 되어 오색구름을 타고 하늘로 올라 바로 대궐 안으로 들어가 대명전(大明殿)에 내려앉으니 상서로운 기운이 공중에 어리었다. 궁중 사람들이 정신을 차리지 못하고 어찌할 줄 모르니, 조정 신하들이 임금에게 아뢰었다.

"고금에 드문 변괴입니다."

임금은 크게 놀라 신하들을 모아 의논하는데, 운치가 구름안개 속에 서고 청의동자가 외쳐 말하였다.

"고려국의 왕은 옥황상제의 명령을 들으라."

왕이 자리를 깔고 향로 올린 상을 펴놓고 나아가 보니, 한 선관이 금관을 쓰고 홍포(紅袍)를 두른 채 동자를 좌우에 세워 놓고 오색구름 속에 단정하게 서 있었다. 왕이 네 번 절한 후에 땅에 엎드리자 운치가 말하였다.

"천상에 있는 궁궐이 오래되어 낡았기에 이제 다시 세우려 하여 인간 세상의 여러 나라에 이 뜻을 전하니, 모든 물건을 다 받들어 올렸으나 다만 황금 대들보 하나가 없도다. 옥황상제께서 그대 나라에 황금이 풍족함을 아시고 이런 명령을 내리셨다. 칠월 칠일 오시(午時)에 대들보를 올릴 것이니 그날까지 길이 10척 5촌, 둘레 3척 2촌인 대들보를 대령하라. 만일 그때까지 대령하지 못하면 큰 변을 당할 것이로다."

말을 마치자 신선의 음악 소리가 은은히 나며 오색구름이 남쪽으로 향하여 갔다. 왕이 남쪽 하늘을 향하여 네 번 절하고 궁전에 올라 문무 신하들을 모아 놓고 의논하시니, 신하들이 아뢰었다.

"팔도의 관아에 공문을 보내 금을 거두어 하늘의 명을 받드는 것이 옳을까 하나이다."

임금이 옳게 여겨 즉시 팔도에 공문을 보내 금을 모으고, 공장(工匠)을 불러 길이와 둘레를 맞추어 제 날짜에 만들도록 하였다. 임금이 삼일 동안 몸과 마음을 깨끗이 하고 선관이 오기를 기다렸는데, 이날 진시(辰時)에 오색구름이 궁궐 안에 자욱하고 향기가 진동하며 선관이

* **청의동자**(靑衣童子) 신선의 시중을 든다는, 푸른 옷을 입은 사내아이.
* **척**(尺), **촌**(寸) 길이의 단위. 척은 '자'와 같고, 촌은 '치'와 같다. 1척은 30.3센티미터이며, 1촌은 1척의 10분의 1에 해당한다.

구름에 싸여 내려왔다. 양쪽에는 청의동자가 학을 타고 내려와 갈고리 같은 쇠에 황금 대들보를 걸어 올려 구름으로 싸서 남쪽으로 가니, 무지개가 뻗치고 오색구름이 동서로 흩어졌다. 임금과 신하들이 상 앞으로 나아가 네 번 절하고, 궁전으로 돌아가 임금은 신하들의 하례를 받았다.

전운치가 임금을 속이고 황금 대들보를 얻었으나, 고려에는 금이 모두 없어져 황금 대들보를 팔고 사는 것이 수상한 일이 되었다. 운치가 문득 한 계교를 생각해 내어 대들보의 머리 부분을 잘라 가지고 성안으로 들어가 팔려 하니, 마침 포도청의 포교가 이를 보고 의심하여 물었다.

"이 금은 어디서 났으며, 값은 얼마나 하오?"

운치가 말하였다.

"이 금은 출처가 있으며, 값은 오백 냥이오."

포교가 말하였다.

"그대 집을 알려 주면 내가 내일 돈을 가지고 가겠소."

운치가 말하였다.

"내 집은 송악산 남서부에 있으며, 성명은 전운치라 하오."

포교가 약속한 후 관가에 이 사실을 고하자, 태수(太守)가 말하였다.

"이는 반드시 무슨 사연이 있는 것이니, 자세히 알아본 다음에 그놈을 사로잡으리라."

태수가 우선 은자 오백 냥을 주어 사 오라고 하였다. 포교가 즉시 남서부에 가 운치를 보고 은자를 주니, 운치가 금을 주고 은자를 받았다. 포교가 금을 받아 가지고 돌아와 태수에게 고하였다. 태수가 보고 크게 놀라며 말하였다.

"이 금은 황금 대들보의 머리가 분명하니 우선 잡아다가 그 진위를 알아보고 임금께 보고하리라."

태수가 장교 십여 명과 포교 등을 남서부에 보내어 운치를 잡으려 하니, 운치가 음식을 내어 잘 대접하면서 말하였다.

"너희가 수고롭게 왔으나 나는 잡혀가지 않을 것이다. 태수의 힘으로는 나를 잡지 못할 것이요, 임금의 명령이 내리면 그때 잡혀가겠노라."

운치가 조금도 움직이지 아니하니 장교 등이 감히 손을 대지 못하고 돌아가 태수에게 이 사연을 고하였다. 태수가 크게 놀라 병사 오백 명을 보내 운치의 집을 에워싸 잡으라고 명하고, 다른 한편으로는 이 사연을 임금에게 고하였다. 임금이 크게 화를 내며 신하들을 불러 모아 의논하고 운치를 의금부로 잡아들이라 명령하였다.

운치가 은자를 얻어 음식을 준비하여 어머님께 드리고 있었는데, 홀연 경성에서 운치를 잡아들이라는 명령이 내렸음을 듣고 곰곰이 계교를 생각하였다. 그때 금부도사와 포교 등이 병사들을 거느리고 와 운치의 동정을 살피고 잡으려고 하였다. 운치가 먹물 담는 작은 병을 꺼내 놓고 어머님께 말하였다.

"얼른 이 병으로 들어가십시오."

부인이 병으로 들어가고 운치 또한 들어갔다. 금부도사와 포교 등이

이상하게 여기고 달려들어 병 부리를 단단히 막아 들고서 밤낮으로 달리자, 병 속에서 외치는 소리가 났다.

"내 난리를 피하여 병 속에 들었는데, 누가 병 부리를 막아 숨이 막혀 죽겠으니 막은 것을 빼라."

금부도사가 못 들은 척하고 급히 달려 임금 앞에 이르러 운치를 잡은 전말을 아뢰니, 임금이 말하였다.

"운치가 비록 요사한 술법을 부린다고 하나 어찌 병 속에 들어갔겠느냐?"

그때 운치가 병 속에서 소리를 질렀다.

"갑갑하오니 병마개를 빼 주소서."

임금이 그제야 운치가 병에 들어간 줄을 알고, 조정의 신하들에게 어떻게 처치할지를 물으니, 신하들이 아뢰었다.

"이놈의 요술이 예측하기 어려우니 소홀히 하다가는 놓칠까 하나이다."

임금이 명령을 내려 가마솥에 기름을 끓이고 먹병을 넣으니, 병 속에서 외쳐 말하였다.

"신의 집이 가난하여 밤낮으로 떨고 지냈더니 오늘은 더운 데 들어와 몸을 녹이니 나라의 은혜가 망극하옵니다."

아침부터 늦도록 끓여 기름이 다 졸았다. 임금이 병을 깨뜨리라 하니, 그 병이 여러 조각이 났지만 아무것도 없고 각각의 조각마다 달음질하여 임금 앞에 나오며 말하였다.

"소신 전운치 여기 있나이다."

임금이 크게 노하여 그 조각들을 빻아 기름에 끓이라 하는 한편, 전운치의 집을 헐어 버리고 그 터에 연못을 만들라 하시며 운치 잡기를 의논하시니, 대신들이 아뢰었다.

"이 요망한 도적을 잡을 수 없으니 후환을 덜고자 하신다면 사대문에 '전운치는 자수하면 죄를 용서하고 벼슬을 주리라'는 방을 붙이소서. 만일 운치가 자수하면 어려운 임무를 맡겨 다시 잘못함이 있거든 그때 죽이는 것이 마땅할까 하나이다."

임금이 그 말을 옳게 여기고 즉시 사대문에 이런 방을 붙였다.

전운치는 비록 국가에 죄를 지었으나 그 재주를 아껴 특별히 죄를 용서하고 벼슬을 줄 것이니 어서 바삐 자수하라

전운치가 어머니를 모시고 산중으로 들어가 은자를 쓰면서 구름을 타고 사방으로 마음대로 왕래하였다. 하루는 어떤 곳에 이르렀는데 백발노인이 슬피 울고 있었다. 운치가 나아가 그 까닭을 물으니, 노인이 말하였다.

"내 나이 칠십에 자식 하나가 있는데, 억울하게 살인 죄수가 되었기에 서러워한다오."

운치가 그 억울함에 대해서 자세히 물으니, 노인이 말하였다.

"우리 동네에 왕씨 성을 가진 사람이 있는데, 그 처가 고와서 내 자식이 사사로이 정을 통하며 왕래하였네. 그런데 그 처가 음란하여 또 조씨 성을 가진 자와도 정을 통하다가 왕가에게 들켜 왕가와 조가가

싸워 서로 치고받을 때, 내 자식이 마침 그 집에 갔다가 싸움을 말리고 조가를 집으로 보냈네. 그런데 이 싸움으로 인해 왕가가 죽게 되자 그 사촌이 관가에 고발하여 살인 사건이 되었는데, 조가는 형조 판서 양문기의 문객이라서 그 연줄로 벗어났고, 내 자식이 사람을 죽인 것으로 문서를 만들어 죄수가 되었기에 이처럼 서러워하는 것이오."

운치가 말하였다.

"진실로 그러하다면 내 마땅히 무사하도록 하겠습니다."

노인을 이별한 후에 몸을 흔들어 맑은 바람이 되어 양문기의 집에 가니, 이때 양문기는 외당에서 거울에 얼굴을 비춰 보고 있었다. 운치가 또 왕가로 변하여 곁에 서 있으니, 양문기가 이상하게 생각하고 거울을 거두고 돌아보았으나 아무것도 없었다.

'백주대낮에 요사한 귀신이 나를 희롱하니 괴이하도다.'

이렇게 생각하고 다시 거울을 보니 아까 거울에 보이던 사람이 서서 말하였다.

"나는 이번에 조가 손에 죽은 왕가이다. 판서께서 잘못 알고 억울한 이가를 가두고 조가를 놓아주니, 이제 만일 원수를 갚아 주지 않으면 내 가만히 있지 않겠노라."

이렇게 말하고 문득 간 곳이 없었다. 양문기가 크게 놀라 급히 일을 처리할 준비를 하고 조가를 잡아들여 엄하게 물으니, 조가는 억울하다고 변명을 하였다. 이때 왕가가 들어와 큰 소리로 말하였다.

"이 괘씸한 조가 놈아! 네가 내 아내를 겁탈하고 나까지 죽였으니 용서할 수 없는 원수인데, 네 어찌 억울한 이가에게 죄를 뒤집어씌우느냐?"

하고는 문득 간데없었다.

조가가 정신을 차리지 못하고 양문기 또한 놀라 조가를 엄하게 때리며 사실을 물으니, 조가가 견디지 못하여 하나하나 죄를 시인하였다. 즉시 이가를 풀어 주고 조가에게 벌을 내렸다.

운치가 이가를 구한 후에 구름을 타고 가다가 굽어보니, 시장에서 두 사람이 돼지머리를 붙들고 다투고 있었다. 운치가 내려와 그 까닭을 물으니, 한 사람이 대답하였다.

"돼지머리를 쓸 데가 있어서 먼저 값을 정하였는데, 저 사람이 관리라는 힘을 믿고 빼앗아 가려 하기로 다투고 있소."

운치가 관리를 속이려고 주문을 외웠더니, 그 돼지머리가 입을 벌리고 관리를 물려고 하였다. 그러자 관리가 놀라 달아났다.

운치가 또 한 곳에 이르니, 풍악 소리 낭자하고 노래 소리 요란하였다. 운치가 그 자리에 나아가 예의를 차려 인사하였다.

"나는 지나가는 사람인데 여러 형들이 즐기는 것을 구경하고자 합니다."

여러 선비가 답례하고 서로 통성명한 후에 운치가 눈을 들어 살펴보

• **문객**(門客) 세력 있는 집에 머물면서 밥을 얻어먹고 지내는 사람. 또는 덕을 볼까 하고 수시로 그 집에 드나드는 사람.

니, 기생 십여 명이 음악도 연주하고 노래도 부르고 있었으며, 그곳에 있는 사람 중에 소씨 성을 가진 사람과 설씨 성을 가진 사람이 가장 거만하였다. 운치가 냉소하고 여러 선비와 수작하다가 술과 안주가 나오자 말하였다.

"내가 형들의 사랑을 입어 진귀한 음식을 맛보니 감사합니다."

설생이 말하였다.

"우리가 비록 가난하나 예쁜 기생과 맛좋은 음식이 많으니, 형은 이런 걸 처음 보았을 것이로다."

운치가 웃으며 말하였다.

"그렇기는 하지만 오히려 미비한 것이 많습니다."

"무엇이 미비하뇨?"

"우선 시원한 수박도 없고, 새콤한 복숭아와 달콤한 포도도 없으니 무엇을 갖추었다 하겠습니까?"

선비들이 크게 웃으며 말하였다.

"형은 지각이 없도다. 지금은 늦봄인데 그런 과일들이 어디에 있으리오."

운치가 말하였다.

"어떤 곳에 온갖 열매가 열려 있는 것을 보았습니다."

설생이 말하였다.

"그렇다면 형이 지금 따 올 수 있느냐?"

운치가 말하였다.

"따 올 수 있는지 크게 내기를 해 보십시다."

종자를 데리고 한 동산에 가서 보니 나무에 복숭아가 달려 있거늘 종자에게 나무에 올라 따서 짊어지게 하였다. 그 아래 포도가 드리웠거늘 또 따서 짊어지고, 들로 내려가니 수박이 넝쿨에 열렸거늘 스무 개를 따서 짊어지고 돌아오니, 사람들이 크게 놀라 먹으며 매우 신기하게 여겼다.

　　운치가 크게 취하여 소생과 설생을 골탕 먹이려고 두 사람을 향해 주문을 외우니, 이윽고 두 사람이 말하였다.

　　"몸이 몹시 무겁고 마음이 매우 산란하니 이상하도다."

　　운치가 말하였다.

　　"형들은 방자하거니와 기생은 꼭 필요치 않을까 하노라."

　　두 사람이 화를 내며 말하였다.

　　"우리가 내시도 아닌데 어찌 기생이 필요치 않다고 하느냐?"

　　운치가 웃으며 말하였다.

　　"두 형은 화내지 말고 손을 바지 속에 넣어 만져 보라."

　　설생이 이 말을 듣고 손으로 만져 보다가 소생에게 말하였다.

　　"고환이 간데없고 판판하니 이 어찌 된 일인가?"

　　소생이 보여 달라 하거늘 설생이 내어 보여 주니 과연 아무것도 없었다. 소생이 또한 제 물건을 만져 보니 역시 마찬가지였다. 두 사람이 크게 놀라 말하였다.

　　"아까 전 형이 우리를 조롱하더니 과연 이런 변괴가 있구나. 장차 어찌하리오."

　　또 기생들 중 하나가 배 아래 작은 문이 간데없고 배 위에 구멍이

나 어찌할 줄을 몰라 하였다.

　선비들 중에 은생이라는 사람이 가장 총명하고 유식해서 문득 깨달아 운치에게 빌면서 말하였다.

　"우리가 눈이 어두워 형에게 죄를 지었으니, 바라건대 형은 용서하시오."

　운치가 말하였다.

　"염려하지 않으면 자연히 도로 나을 것이로다."

　기생과 선비들이 기뻐하고 만져 보니 예전과 똑같았다. 감사의 인사를 하며 말하였다.

　"신선이 강림하심을 모르고 하마터면 병신이 될 뻔하였나이다."

　전운치가 구름을 타고 동쪽으로 가다가 보니, 어떤 곳에서 서너 사람이 모여 의논하고 있었다.

　"창고지기 장씨는 착하고 효행이 있는 사람이라. 만일 억울하게 죽는다면 아깝고 참혹한 일이다."

　이렇게 말하며 탄식하고 있었다. 운치가 구름에서 내려와 물으니 그 사람이 대답하였다.

　"호조(戶曹)의 창고지기 장계창이란 사람은 어질고 효행 있고 사람 구제하기를 좋아하였는데, 문서를 잘못 기록한 탓으로 자기가 쓰지 않은 은자 이천 냥이 부족하게 되어서 그 죄로 처형을 당한다고 해서 탄식하고 있소."

　운치가 불쌍히 여겨 다시 구름을 타고 처형하는 곳에 가 기다리니,

과연 어떤 젊은 남자가 수레에 실려 오고 그 뒤에 젊은 여자가 울며 따르고 있었다. 운치가 사람들에게 물으니, 그 사람이 장계창이었다. 옥졸이 죄인을 내려놓고 시간이 되었음을 외치니, 운치가 바람이 되어 장계창 부부를 거두어서 하늘로 올라갔다. 처형을 감독하는 관리가 크게 놀라 이를 임금에게 아뢰니, 임금도 놀라고 조정 신하들도 의아하게 여겼다.

운치가 집에 돌아와 장계창 부부를 내려놓고 약을 풀어 먹이니, 이윽고 깨어 어찌 된 영문인 줄 몰라 하였다. 운치가 앞뒤 사정을 말해 주고 어머니께 이 사연을 고하였다.

운치가 또 구름을 타고 가다가 어떤 사람이 통곡하는 것을 보고 그 이유를 물으니, 그 사람이 대답하였다.

"나는 한재경이라는 사람이오. 부친상을 당하였는데 초상을 치를 돈이 없고, 일흔 살 된 노모를 봉양할 길도 없어 서러워하고 있소."

운치가 측은하게 여기고 소매에서 족자 하나를 내어 주며 말하였다.

"이 족자를 집에 걸고 '고직아!' 하고 부르면 대답하는 자가 있을 것이오. 은자 백 냥을 내라고 하면 줄 것이니 그 은자로 초상을 치르시오. 또 매일 한 냥씩만 달라고 하여 노모를 봉양하되, 만일 더 내라고 하면 큰일이 날 것이니 부디 조심하시오."

그 사람이 반신반의하며 운치의 이름과 사는 곳을 묻고는 집으로 돌아왔다. 집에 돌아와 족자를 펴 보니 창고 같은 큰 집 하나와 그 앞에 창고지기 동자가 그려져 있었고, 그 집은 열쇠를 채워 놓았다. 한재경이 시험 삼아 "고직아!" 하고 부르니 과연 그림 속의 고지기가 대답하고 나왔다. 재경이 놀라며 은자 백 냥을 달라고 하니 은자 백 냥을 내어 앞에 놓았다. 재경이 그 은자로 초상을 치르고, 매일 그림 속의 고지기에게 은자 한 냥을 달라고 하여 생활을 이어 갔다.

하루는 쓸 곳이 있어 생각하기를, '은자 백 냥을 꾸어 쓰더라도 무슨 관계가 있겠나.' 하고 고지기를 불러 말하였다.

"쓸 곳이 있어서 은자 백 냥을 먼저 꾸어 쓰려고 하노라."

고지기가 허락하지 않자 재경이 여러 차례 달래며 말하니, 고지기가 대답하지 않고 족자의 그림 속으로 들어가 집의 문을 열었다. 재경이 그림 속으로 따라 들어가 은자 백 냥을 가지고 나오려 하니 창고의 문이 닫혀 버렸다. 재경이 놀라서 고지기를 불렀지만 대답이 없었고, 재경은 크게 화가 나 발로 문을 박찼다.

그때 호조 판서가 집무를 시작할 채비를 갖추고 자리에 앉았는데, 호조 창고를 지키는 고지기가 아뢰었다.

"창고 안에서 사람 소리가 나니 매우 이상하옵니다."

호조 판서가 이 말을 듣고 이상하게 여겨 하인들을 모아 창고 문을 열어 보니 어떤 놈이 은자를 손에 가지고 서 있었다. 하인들이 크게 놀라 물었다.

"너는 어떤 도적이기에 이곳에 들어왔느냐?"

재경이 화를 내며 말하였다.

"너희는 누구이기에 남의 창고 안에 들어와 이렇듯 하느냐?"

하인들이 재경을 결박하고 호조 판서에게 아뢰니, 호조 판서가 재경을 계단 아래에 꿇리고 꾸짖었다. 한재경이 그제야 살펴보니 그곳은 자기 집이 아니고 관가였다. 크게 놀라 말하였다.

"내가 어찌 이곳에 왔을까? 이것이 꿈인가 생시인가?"

재경이 아무것도 모르거늘, 호조 판서가 말하였다.

"창고 안에 들어와 은을 가져가려 한 죄는 죽어 마땅하다. 네가 속한 도적의 무리를 모두 다 아뢰어라."

재경이 앞뒤 사연을 다 고하니, 호조 판서가 그 족자의 출처를 물었다. 재경이 전운치와의 사연을 아뢰니 호조 판서가 말하였다.

"전운치를 언제 보았느냐?"

재경이 말하였다.

"본 지는 네댓 달이 되었고, 자기가 사는 곳은 남서부라고 하였습니다."

호조 판서가 이에 한재경을 가두고 나서 창고를 조사해 보니 은자는 다 없어지고 청개구리만 가득하였다. 또 다른 창고를 보니 돈은 없고 누런 뱀만이 가득 서려 있었다. 호조 판서가 괴이하게 여겨 이 사연을 임금에게 아뢰니, 임금이 크게 놀라 신하들을 모아 의논하였다.

이때 대궐 각 창고의 관리들이 잇달아 보고하였다.

"창고의 쌀이 변하여 벌레 짐승이 되었나이다."

"창고 안에 있던 무기가 다 없어지고 나뭇가지만 쌓였나이다."

"말린 해물이 변하여 생선이 되었나이다."

또 궁녀가 보고하였다.

"궁녀들의 족두리가 금까마귀로 변하여 날아가고, 내전(內殿)에 큰

49

호랑이가 들어와 궁인을 해치고 있습니다."

임금이 크게 놀라 활 잘 쏘는 궁노수(弓弩手)를 내전으로 보내니, 궁녀마다 큰 호랑이를 하나씩 타고 있어서 차마 활을 쏘지 못하고 이 사연을 임금에게 보고하였다. 임금이 크게 화를 내시며 궁녀까지 아울러 쏘라 하시니, 궁노수가 다시 들어가 일시에 활을 쏘려 할 때 검은 구름이 일어나며 호랑이를 탄 궁녀가 모두 구름에 싸여 하늘로 올라갔다.

임금이 이 소식을 듣고 말하였다.

"이것은 모두 전운치의 요술이니 이놈을 잡아야 나라가 태평하리라."

호조 판서가 아뢰었다.

"가둬 둔 도적 한재경이 또한 전운치와 한패이니 빨리 죽이옵소서."

임금이 허락하시고 재경을 처형하려 할 때, 또 문득 광풍이 크게 불더니 재경이 간데없었다. 운치가 재경을 구해 낸 것이었다.

반란을 진압하고 선전관들을 혼쭐내다

전운치가 두루 다니다가 사대문에 방 붙인 것을 보고는 차갑게 웃으며 대궐 앞으로 나아가 외쳤다.

"소신 전운치 자수하옵나이다."

승정원에서 이를 임금에게 아뢰니, 임금이 생각하기를 '이놈이 환술(幻術)이 보통이 아니라서 가는 곳마다 어지러움을 일으키니 차라리 벼슬을 주어 달래었다가 만일 다시 난리를 일으키면 그때 죽이리라.' 하고 대궐로 들어오라 하시니, 운치가 들어와 땅에 엎드렸다.

임금이 말하였다.

"네 죄를 아느냐?"

운치가 엎드려 사죄하였다.

"신의 죄는 만 번 죽는다 해도 애석하지 않을 정도이니 무슨 말을 아뢰겠사옵니까."

임금이 말하였다.

"네 재주를 아껴 죄를 용서하고 벼슬을 주겠으니, 너는 모름지기 충성을 다하라."

이렇게 말씀하시고 선전관 겸 사복시 내승이라는 벼슬을 제수하시니, 운치가 그 은혜에 감사하고 물러나와 묵을 곳을 정하였다.

운치가 대궐에서 숙직을 하였는데, 선임 선전관들이 아침마다 괴롭히면서 차례대로 매를 때렸다. 운치가 가만히 돌기둥을 뽑아다가 매를 맞게 하니, 선전관의 손이 아파 더 이상 치지 못하였으며, 이후로는 때리는 것을 그만두었다.

이렇게 저렇게 여러 달이 지났다. 선임 선전관들이 하인에게 분부하여 운치에게 허참례하기를 재촉하니, 운치가 말하였다.

"내일 날이 밝으면 백사정(白沙汀)으로 모두 나오시게 하라."

이튿날 선전관들이 말을 타고 오며 살펴보니, 푸른 차일(遮日)은 공중에 솟았고, 고운 빛깔의 자리를 좌우에 벌여 놓았으며, 맑은 풍악 소리며 풍성한 음식이 아주 화려하였다. 선전관들이 차례로 자리에 앉은 후 음식상을 들이고 술잔을 돌리어 취기가 올랐을 때, 운치가 말하였다.

• **선전관**(宣傳官) 왕을 경호하며 명령을 전하는 일을 하는 선전관청의 관리.
• **사복시**(司僕寺) **내승**(內乘) 사복시는 궁중의 가마나 말에 관한 일을 맡아보던 관아이며, 내승은 사복시에서 말과 수레를 관리하던 벼슬아치를 이른다.
• **허참례**(許參禮) 새로 부임한 관원이 선임자들에게 음식을 차려 대접하던 일. 관직에 참여하는 것을 허락하여 달라는 뜻이 있다.

"오늘 여러 선배님들이 즐기시는데, 옆에 아무도 없이 노는 것이 가장 재미없다고 하니, 제가 예전에 친하였던 여자들을 데려오는 것이 어떻겠습니까?"

선전관들이 술에 취하여 기뻐하며 말하였다.

"전 조사에게 이런 호기(豪氣)가 있는 줄을 몰랐도다. 그대 재주대로 하라."

운치가 즉시 하인을 데리고 나는 듯이 남문으로 들어갔다.

선전관들이 칭찬하였다.

"전 조사가 하는 일이 이렇듯 기특하니 족히 큰 도적이라도 감당할 것이로다."

오래지 않아 운치가 많은 여자를 몰아와 장막 밖에 두고, 다시 큰 음식상을 들여와 즐기면서 말하였다.

"말단인 제가 선배님들의 분부를 받들어 여자들을 데려왔으니 각각 한 사람씩 앞에 두고 흥을 돋게 하는 것이 어떻겠습니까?"

모두 좋다고 하니, 운치가 먼저 한 여자를 불러 가장 높은 선전관 앞에 앉히며 말하였다.

"너는 떠나지 말고 착실히 모셔라."

그러고 나서 차례대로 한 사람씩 앉히고 보니, 이는 각각 선전관들의 아내였다. 선전관들이 서로 알까 두려워하며 아무 말도 못 하고 마음속으로 크게 분노하였다. 드디어 상을 물리고 각각 말을 타고 급하게 집으로 돌아가니, 하인들이 이 뜻을 모르고 다 이상하다고 생각하였다.

선전관들이 각각 집으로 돌아왔더니 급한 소식을 전하러 오는 사람도 있고, 청심환을 구하러 약방으로 가는 사람도 있으며, 의원을 청하여 침을 맞는 이도 있고, 초상이 났다고 통곡하는 사람도 있어 집집마다 경황이 없고 분주하였다. 선전관들이 그 까닭을 물으니, 모두 다 부인의 갑작스러운 죽음 때문이었다.

김 선전이 집에 돌아오니 시비가 아뢰었다.

"부인이 아까 옷을 마름질하다가 갑자기 세상을 떠나셨습니다."

김 선전이 크게 화를 내며 말하였다.

"이것이 백사정 허참례 놀음에 창기가 되어 전가 놈과 함께 와서 여러 사람에게 욕을 뵈더니, 어찌 사족(士族) 부녀자의 행실이 이와 같으리오. 나는 벼슬도 못 하고 가문도 망할 것이니 이 원통한 한을 어찌 헤아릴 수 있으리오."

이때 시비가 급하게 소식을 아뢰었다.

"부인이 깨어나십니다."

김 선전이 화를 멈추고 급히 내당으로 들어가니, 부인이 일어나 앉으며 말하였다.

"내가 아까 잠깐 졸았더니, 붉은 도포를 입은 자가 아무것도 묻지 않고 나를 잡아 내고 누런 옷을 입은 하인이 달려들어 장옷을 씌우고 말을 태워 어느 곳으로 데려갔습니다. 가서 보니 나 같은 부인이 많았는데, 모두 어떻게 해야 할지 모르고 있었습니다. 그때 전 선전이란 놈

● 조사(曹司) 가장 직급이 낮은 관리.

이 나를 집어내어 당신 앞에 앉히며 착실히 모시라고 말하고, 다른 부인들도 차례대로 하나씩 앉혔습니다. 선전관들이 자리에 앉아 상을 받다가 별안간 당신이 성난 얼굴빛을 띠면서 일어서서 말에 올라 돌아가니, 다른 사람들도 부인들을 돌아보지 아니하고 몹시 화를 내며 흩어졌습니다. 저도 다른 여자들과 함께 몰려 방황하다가 깨달으니 한바탕 꿈이었습니다. 집안사람들이 나를 죽은 줄로 알고 슬피 울면서 통곡하니, 그런 변괴가 어디 있겠습니까?"

김 선전이 이 말을 듣고 어이없어 하였다.

다른 모든 선전관들도 원통하고 분함을 이기지 못하며 말하였다.

"대역부도한 전운치 놈이 조정에 들어와 우리를 욕보이니, 어느 때에 이놈을 죽여서 한을 풀리오!"

전운치가 모든 선전관을 속이고 돌아와서 '내가 나라에 죽을죄를 용서받고 오히려 벼슬까지 받았으니 임금의 은혜가 망극하도다. 마땅히 개과천선하여 충성을 극진히 하리라.'라고 생각하고는 마음을 다하여 맡은 일을 하고, 사복시의 말도 잘 돌보아 살찌고 병이 없으니 조정에서 모두 기특하게 여겼다.

함경도 가달산에 염준이라 하는 사람이 용맹이 뛰어나고 무예가 출중하였다. 도적 수천 명을 모아 산채(山寨)를 만들고 촌가를 노략질하며 각 읍을 쳐 무기와 양식을 탈취하고 사람을 살해하니, 이로 인해 각 읍이 소란스러웠다. 함경 감사가 이 사연을 임금에게 보고하니, 임금이 크게 근심하여 신하들을 모아 의논하였다.

"도적이 이처럼 강성하니 누가 능히 이 도적을 소탕하겠는가?"

아무도 감히 대답하는 사람이 없었는데, 문득 한 사람이 신하들 가운데서 나오며 아뢰었다.

"신이 임금의 은혜를 입은 것이 끝이 없습니다. 비록 재주는 없으나 염준의 머리를 베어 전하의 근심을 덜어 드릴까 하나이다."

임금이 보시니 이는 전운치라. 크게 기뻐하면서 신하들에게 물었다.

"경들의 생각은 어떠한가?"

여러 신하가 다 마땅하다고 아뢰니, 임금이 말하였다.

"병력을 얼마나 뽑아 쓰려고 하느냐?"

"적의 세력이 크다고 하니, 신이 홀로 나가 적세를 탐지한 후에 군대를 움직이는 것이 좋을까 하옵니다."

임금이 허락하시고 군대를 지휘할 수 있는 칼을 주시며 마음대로 호령하라 하시니, 운치가 임금의 은혜에 감사해 하고 조정에서 물러 나왔다.

이튿날 출발하기로 하였는데, 그날 밤에 구름을 타고 집으로 가서 어머니를 뵙고 임금의 명을 받아 적세를 탐지하러 간다는 사연을 말씀 드리니, 부인이 경계하여 말하였다.

"적세의 허와 실을 모르고 함부로 들어가는 것은 매우 위태로운 일이니 극진히 조심하여 임금과 어버이의 바람을 저버리지 말거라."

* **대역부도**(大逆不道)**하다** 임금이나 나라에 큰 죄를 지어 도리에 크게 어긋난 데가 있다.

운치는 어머니의 명을 받들고 서울로 돌아왔다.

날이 새자 포교 등 십여 명을 데리고 길을 나섰다. 감영에 이르러 포교 등을 머물게 하고 홀로 칼을 가지고 몸을 흔들어 독수리로 변하여 가달산에 들어가 보니, 염준은 엄연히 양산을 받고 백마를 타고서 아름다운 옷과 치마로 장식한 미녀들을 좌우에 세워 두고 종자 백여 명을 거느리고 사냥을 하고 있었다.

문득 염준이 말하였다.

"오늘은 각 도에 갔던 장사들이 돌아올 것이니, 내일 큰 소를 열 마리만 잡고 잔치할 준비를 차리거라."

운치가 염준을 살펴보니, 기골이 장대하고 얼굴빛이 붉으며 눈이 방울 같고 수염이 바늘을 묶어 세운 듯하니, 정말 일세의 호걸이었다. 운치가 문득 한 가지 계교를 생각하고, 나뭇잎을 훑어 신병을 만들어 창검을 들게 하고, 깃발을 늘어놓아 꽂고 진을 굳게 쳤다. 운치가 머리에 쌍봉(雙鳳) 투구를 쓰고 몸에 붉은 전포(戰袍)를 입고 칼을 들고 오추마를 타고 적진을 깨칠 듯 달려갔다. 성문이 굳게 닫혀 있었으나 운치가 주문을 외우자 저절로 열렸다. 말을 몰아 들어가며 좌우를 살펴보니 화려한 집이 늘어서 있는데 그 모습이 매우 번화하였다.

운치가 사방을 둘러본 후 독수리로 변신하여 후원으로 들어가 보니, 염준이 황금 의자에 앉아 부하 장수들을 좌우에 앉히고 그 뒤 전각에는 미녀 수백 명이 나란히 앉아 잔을 받고 있었다. 운치가 그 동정을 보고자 하여 주문을 외우니 무수한 독수리가 하늘을 덮듯 내려와 사람들 앞에 놓인 상을 다 거두어 가지고 하늘로 높이 올라가며 광

풍이 크게 일어나 모래가 날리며 돌이 굴러다녔다. 그 자리에 있던 사람들이 크게 놀라 눈을 뜨지 못하고 바람에 날려 쓰러졌고, 차일과 돗자리 같은 것들도 다 날아가 공중으로 올라갔다. 염준은 넋이 나가 나뭇등걸을 붙잡고 정신을 차리지 못하고, 군사들은 떡과 고기를 들고 바람에 날려 뒹굴뒹굴 구르며 혹 퉁물을 토하기도 하였다. 두어 시간 동안 난장판이었다가 염준과 장졸들이 겨우 정신을 차려 보니 문득 흰 눈이 퍼붓는 듯이 내려 순식간에 십여 길이나 쌓여 눈을 뜨지 못하고 어떻게 할 줄을 몰라 허둥거리고 있는데, 갑자기 바람이 그치며 눈 내린 흔적도 사라졌다.

염준이 대청에 나와 방울을 흔들어 장졸을 모아 괴이한 변고에 대하여 말하고 있을 때, 문득 성문 지키던 군사가 아뢰었다.

"어떤 장수가 군사를 몰아 동문을 깨치고 들어옵니다."

염준이 크게 놀라 군사를 재촉하여 형세를 가다듬고 진문(陣門) 앞으로 창을 빼어 들고 말을 몰아 나가니, 운치가 큰 소리로 말하였다.

"너는 어떤 놈이기에 억세고 모진 힘만 믿고 산속에서 무리를 짓고 마을에 쳐들어가 백성을 살해하느냐? 너 같은 쥐새끼 무리를 다 잡아 국법을 바르게 하려고 하니, 네 목숨이 아깝거든 빨리 항복하여 하늘

- **감영**(監營) 조선 시대에, 관찰사가 직무를 보던 관아. 오늘날의 '도청'과 같은 곳.
- **신병**(神兵) 신이 보낸 군사라는 뜻으로, 신출귀몰하여 적이 도저히 맞싸울 수 없는 강한 군사를 비유적으로 이르는 말.
- **오추마**(烏騅馬) 검은 털에 흰 털이 섞인 말.
- **길** 과거에 사용하던 길이의 단위. 한 길은 사람 키 정도의 길이.

의 명을 순순히 따르라."

염준이 크게 화를 내고 꾸짖으며 말하였다.

"내 하늘과 백성의 뜻에 따라 장차 무도한 임금을 없애 버리고 도탄에 빠진 백성을 건져 내고자 하거늘, 네 어찌 감히 나에게 항거하는 것이냐?"

말을 마치고 내달아 두 사람이 말을 타고 서로 싸워 겨루기를 수십여 차례에 이르렀다. 염준의 창날은 햇빛을 가리고 운치의 칼빛은 공중의 무지개처럼 빛나니, 마치 두 마리의 호랑이가 사람 없는 산에서 먹잇감을 다투는 것 같기도 하고, 두 마리의 용이 푸른 바다에서 여의주를 다투는 것 같기도 하였다. 두 장수가 정신이 점점 씩씩하여 승부를 결정하지 못하였는데, 날이 이미 저물어 양 진영에서 꽹과리를 쳐 군을 거두어들였다.

염준이 진으로 돌아오자 장수들이 칭찬하며 말하였다.

"어제 괴변을 만나 마음이 놀랐으나 오늘 범 같은 장수를 능히 대적하니 하늘이 도우심입니다. 그러나 적장의 용맹이 또한 뛰어나니 장군은 적장을 가볍게 여기지 마소서."

염준이 웃으며 말하였다.

"적장이 비록 용맹하나 내 어찌 저를 두려워하리오. 내일은 반드시 운치를 잡고 바로 도성으로 향하리라."

이튿날 진문을 열고 염준이 말을 타고 나와 크게 외쳤다.

"전운치는 빨리 나와 나의 칼을 받으라. 오늘은 맹세코 승부를 결정하리라."

염준이 좌충우돌하니, 운치가 크게 화가 나 말을 타고 칼을 춤추듯 휘두르며 바로 염준에게 달려들었다. 삼십여 차례를 겨루었으나 염준의 창 쓰는 기술에 조금도 빈틈이 없었다.

운치가 무예로는 염준을 당하지 못할 것이라고 생각하고, 몸을 흔들어 진짜 몸은 공중에 오르게 하고 가짜 몸은 염준을 대적하게 하면서 크게 외쳐 말하였다.

"내 평생에 살생을 하지 않았지만 이제 네가 천명을 거역하기에 마지못하여 너를 죽이나니 나를 원망하지 말라."

칼을 들어 염준을 치려고 하다가 다시 생각하기를, '내 살생하기를 어찌 쉽게 하리오. 마땅히 이놈을 사로잡으리라.' 하고 공중에 올라 칼을 번뜩이며 급히 외쳐 말하였다.

"내 재주를 보아라."

염준이 놀라 하늘을 우러러보니 한 떼구름 속에서 번개가 일어나는 듯하였는데, 이는 번개가 아니라 운치의 칼에서 나는 빛이었다. 크게 놀라고 하얗게 질려 적진으로 도망가려 하는데 앞에 운치가 칼을 들고 길을 막았고, 뒤에 또 운치가 따라오며, 좌우에도 또한 운치가 에워싸고 들어오고, 머리 위에서도 운치가 구름을 타고 칼춤을 추며 염준의 머리를 치려고 하였다. 염준이 정신이 어지러워 말 아래로 떨어지니, 운치가 구름에서 내려와 가짜 운치로 하여금 군사들을 호령하여 염준을 결박하여 본진으로 보냈다. 진짜 운치는 말을 달려 적진을 들이쳐 찔러 죽이니, 적진 장졸들이 염준이 사로잡히는 것을 보고 손을 묶어 항복하였다.

운치가 그들을 계단 아래에 꿇리고 달래며 말하였다.

"너희들이 역적을 도와 천명에 항거하였으니 그 죄는 백번 죽어도 아깝지 않다. 그러나 내 특별히 죄를 용서하니, 너희는 고향에 돌아가 농사에 힘쓰고 착한 백성이 되거라."

적장 등이 머리를 조아리며 절하고 각각 헤어지니, 이는 옛날 한나라 때 장자방이 계명산 가을 달밤에 〈이향가(離鄕歌)〉 한 곡조를 슬피 불러 강동 자제들이 고향을 생각하여 흩어진 것과 같았다.

운치가 염준의 내실로 들어가 미녀 수백 명을 다 놓아주어 각각 제 집으로 돌려보냈다. 그리고는 본진으로 돌아와 장대(將臺)에 앉아 좌우에게 명하여 염준을 장대 아래에 꿇리고 성난 목소리로 크게 꾸짖으며 말하였다.

"네가 재주와 용맹이 있었으면 마땅히 충성을 다해 임금을 섬겨 그 사랑을 대대로 받음이 옳거늘, 감히 역심을 품어 국가를 어지럽게 하니 그 죄를 어찌 너그러이 용서하리오."

무사에게 명하여 군영의 문 밖에서 목을 베라 하니, 염준이 슬퍼하며 빌면서 말하였다.

"소장의 죄상은 삼족(三族)을 다 죽여도 마땅하오나 장군의 덕으로 목숨만 살려 주시면 마땅히 잘못을 고쳐 장군을 좇을까 하나이다."

운치가 말하였다.

"네 진실로 개과천선한다면 어찌 아름답지 아니하겠는가."

무사에게 명하여 맨 것을 끌러 주고 좋은 말로 위로하여 고향으로 돌려보냈다. 그리고 거짓 운치들을 거두어들인 후에 싸움에서 승리하였다는 보고를 조정에 올렸다. 그 후 즉시 출발하여 대궐 앞에 나아가 공손히 절을 올리니, 임금이 불러 보시고 적을 물리친 전말을 물으셨다. 운치가 자초지종을 자세히 아뢰니, 임금이 수없이 칭찬하시며 상을 많이 내려 주셨다.

운치가 경성에 돌아온 후에 조정 신하들이 모두 운치를 찾아와 성공함을 축하해 주었다. 그러나 오직 선전관들만이 한 사람도 와 보는 사람이 없었으니, 이는 백사정 허참례 때 욕보인 일로 꺼려하는 마음이 있었기 때문이었다. 이에 운치가 다시 그들을 속이려고 하였다.

어느 날 한밤중에 달빛이 밝게 비추고 푸른 하늘에 구름 한 점도 없었다. 운치가 오색구름을 타고 황건역사(黃巾力士)와 이매망량(魑魅魍魎) 등을 다 모으고 또 신장(神將)을 불러 분부하였다.

"빨리 가 모든 선전관을 잡아 오라."

신장이 명령을 듣고 이윽고 다 잡아 왔다. 운치가 구름 의자에 앉아 좌우에 신장 등을 벌여 세우고 등불을 휘황찬란하게 밝히고, 성난 목소리로 말하였다.

"황건역사는 어디 있느냐? 모든 죄인을 잡아들이라."

황건역사들이 일시에 명령을 듣고 각각 한 사람씩 잡아들였다.

• 강동(江東) 중국 양쯔강 동쪽의 땅. 춘추 전국 시대 오(吳)·월(越) 지방의 옛 이름.
• 장자방(張子房) 중국 한(漢)나라 때의 공신. 초(楚)나라 항우(項羽)와 싸울 때 초나라 군사에게 고향 노래를 불러 전의를 상실하게 만들었다.

선전관들이 겁나고 두려워 땅에 엎드려 올려다보니 귀신과 신장이 좌우에 늘어서 있는데, 그 태도가 매우 엄숙하였다. 운치가 큰 소리로 꾸짖으며 말하였다.

"내 전날 희롱하려고 그대들의 부인들을 조금 욕되게 하였으나, 어찌 그렇듯 싫어하는 마음을 품고 나를 푸대접하는 것이 이리 심한가? 내 일찍이 너희를 잡아다가 지옥에 보내 버리려고 하였으나, 내가 밤이면 천상의 벼슬살이로 해야 할 일이 많고 낮이면 나라의 임무에 골몰하느라 지금까지 미루어 왔거니와, 이제는 마지못해 너희를 지옥에 보내 고행을 겪게 하여 거만하게 사람을 업신여기던 죄를 갚게 하고자 하노라."

말을 마치며 황건역사를 불러 말하였다.

"네가 이 죄인들을 붙잡아 지옥에 가서 염라대왕에게 넘기되, 이 죄인들을 지옥에 가두어 팔만 겁이 지나거든 이승에 짐승으로 태어나게 하라."

모든 선전관이 이 말을 듣자 정신이 더욱 떨리고 혼백이 몸에서 떨어져 나가는 듯하였다. 이에 슬퍼하며 빌면서 말하였다.

"우리가 어리석어 죄를 범하였으니, 바라건대 동료 사이의 의리를 생각하여 죄를 용서하소서."

운치가 오랫동안 속으로 깊이 생각하다가 말하였다.

"내 너희를 지옥에 보내 고행을 겪게 하여야 할 것이지만 전날 얼굴을 생각하여 아직 십분 용서하거니와, 오늘 이후를 보아 가며 처치하리로다. 모두 몰아 내치라."

이때 모든 선전관이 문득 깨달으니 한바탕의 꿈이었다. 온몸에 땀이 흘러 비단 이불이 젖었고 정신이 아득하였다. 선전관들이 관청에 모여 그날 꿈에 있었던 일을 말하니 모두 똑같았다. 이후로부터 운치 대접하는 것이 각별하고 극진하게 되었다.

• **겁(劫)** 불교에서 쓰는 말로, 어떤 시간의 단위로도 계산할 수 없는 무한히 긴 시간을 이른다. 하늘과 땅이 한 번 개벽한 때에서부터 다음 개벽할 때까지의 동안이라는 뜻이다.

상상 속 존재들

도교와 무속신앙에 등장하는 귀신들

〈전우치전〉에서 전우치가 자신에게 굴복하지 않고 여전히 반성의 기미가 없는
선전관들을 혼내 주기 위하여 황건역사, 이매망량, 신장을 시켜 잡아다 지옥으로
보내라고 하는 장면이 나옵니다. 여기서 등장하는 황건역사, 이매망량, 신장 등은 모두
옛날 사람들이 상상으로 만들어 낸 초월적인 존재들입니다.

황건역사

황건역사(黃巾力士)는 한자를 그대로 풀어보면, '머리에 노란 두건
을 쓴 힘이 센 장사'라는 뜻입니다. 도교 계통의 이야기에서 죄
를 지은 사람을 저승으로 보낼 때 호송하는 인물로 등장합니다.
마치 저승사자와 같은 이미지로 인식되었던 것 같습니다.
고전소설 〈구운몽〉에서도 육관대사가 번뇌에 싸인 성진
을 꾸짖고 양소유로 환생하게 하는 장면에서 성진을
호송하여 염라대왕에게 데려가는 역할을 합니다.

이매망량

이매망량(魑魅魍魎)은 육지와 수중에 존재하는 온갖 요괴나 도깨비를 지칭하는 말입니다. 한자를 자세히 보면 모든 글자에 귀신 귀(鬼)가 포함되어 있습니다. 귀신처럼 상상의 존재들이기 때문에 그 의미에 대해서도 의견이 분분했습니다. 대체로 이매는 육지에 사는 요괴를, 망량은 수중에 사는 괴물을 지칭하는 경우가 많습니다. 그러나 이매든 망량이든 모두 인간에게 해를 끼치는 무서운 존재로 인식했다는 공통점이 있습니다. 한편 매(魅)는 특히 사람을 잘 유혹한다는 인식도 있어서, 사람을 끌어당기는 힘을 가리키는 단어인 매력(魅力)에도 사용되었습니다.

신장

신장(神將)은 귀신 중에서 무력이 뛰어난 장군신을 지칭하는 말로, 사방의 잡귀나 악신을 몰아낸다고 알려져 있습니다. 특히 무속 신앙에서는 동서남북과 중앙의 다섯 방향을 지켜 주는 수호신으로 오방신장(五方神將)이 등장하는데, 다섯 방위 중에 중앙을 수호하는 황제(黃帝)가 이들을 대표한다고 생각했습니다. 무가 중에 〈황제풀이〉라는 것이 있는데, 집을 지켜 주는 성주신을 섬기고 그에게 기원하는 내용을 담고 있어서 〈성주풀이〉라고도 불립니다.

도술로써 행실을 바로잡다

하루는 임금이 호조 판서에게 물었다.

"전일에 호조의 은과 돈이 다 변하였다고 하였는데, 지금은 어떠한 가?"

호조 판서가 대답하였다.

"그때와 마찬가지로 그대로 있나이다."

임금이 크게 근심하자 운치가 나서서 아뢰었다.

"원하옵건대 신이 각처에 있는 창고의 변고를 자세히 살펴보고 폐하 께 아뢰고자 하옵니다."

임금이 허락하시니, 운치가 즉시 호조 판서와 함께 호조에 나아가 창고 문을 열어 살펴보니 은이 원래대로 돌아와 있었다. 호조 판서가 크게 놀라 말하였다.

"내가 어제 창고를 조사할 때 청개구리만 있더니, 밤사이에 도로 은이 되었으니 참으로 괴이하도다."

바깥 창고를 열어 보니 또한 예전과 같았고, 각 병영(兵營)의 무기도 다 예전과 같았으니 모두가 다 놀라고 신기하게 여겼다. 운치가 살펴본 후 임금께 그대로 아뢰니, 임금이 기뻐하며 운치가 요술을 부려 된 일이라고 짐작하였다.

이때 간의대부가 임금에게 여쭈어 말하였다.

"호서 지방에서 네다섯 사람이 모여 역모를 의논한다고 하며 고발자가 문서를 가지로 신에게 왔기에 그를 가두고 아뢰옵니다."

임금이 말하였다.

"과인이 덕이 모자라 도적이 봉기하니 어찌 한심치 아니하리오."

의금부와 포도청에 명하여 잡아들이라 하여 즉시 잡아 왔거늘, 임금이 직접 심문하시니, 그 중에 한 놈이 아뢰었다.

"전운치로 임금을 삼아 백성을 진정시키고자 하였으나, 이제 일이 발각되었으니 만 번 죽어도 애석하지 않습니다."

이때 운치는 문사낭청이라는 벼슬을 하며 임금을 곁에서 모시고 있었는데, 뜻하지 않게 역적의 자백에 그 이름이 오르게 된 것이었다. 임금이 크게 화를 내며 말하였다.

"전운치가 반드시 역모를 꾸밀 줄 알고 있었더니, 이제 자백에 그 이

• **간의대부**(諫議大夫) 왕에게 정치의 잘못을 고치도록 충고하는 직책을 맡은 관리.
• **문사낭청**(問事郎廳) 죄인을 심문할 때 기록과 낭독을 맡아보던 관직.

름이 나왔도다."

급히 운치를 잡아 내리고 형구(刑具)를 차려 놓은 후 하교하였다.

"내 전일에 너의 죄를 용서하고 벼슬을 주었더니, 나라의 은혜에 감복하지 아니하고 이제 반역의 죄를 범하였으니 변명하지 말고 죽으라."

나졸에게 엄히 명하여 한 매에 죽이라 하니, 나졸이 힘을 다하여 치려고 하였으나 팔이 아파 매를 들지 못하였다.

운치가 아뢰었다.

"신의 전후 죄상은 만 번 죽어 마땅하오나 오늘 반역죄는 천만 억울하옵니다."

이렇게 말하며 마음속으로 '이는 반드시 나를 모해하는 사람이 있어 이렇게 한 것이니 어찌 애달프지 아니하리오.'라고 생각하고 다시 아뢰었다.

"신이 이제 죽으면 평생 동안 배운 재주를 세상에 전하지 못할 것입니다. 엎드려 바라건대 폐하는 신의 억울함을 풀게 하소서."

임금이 '이놈의 재주가 매우 기이하니 시험해 보리라.'라고 생각하고 하교하였다.

"네 무슨 재주가 있느냐?"

운치가 대답하였다.

"신이 그림을 잘 그리니, 나무를 그리면 점점 자라고 짐승을 그리면 걸어가며, 산을 그리면 산에서 초목이 나는 고로 세상에서 명화라 하옵나이다. 이 그림을 세상에 전하지 못하고 죽는다면 원혼이 될 것이옵니다."

임금이 '이놈이 죽어 원혼이 되면 괴로운 일이 생길 것이다.'라고 생각하고, 즉시 맨 것을 끌러 놓고 붓과 먹과 종이를 주었다.

운치가 붓을 들어 산과 물을 그려, 높은 산에 만 장이나 되는 폭포가 산꼭대기에서 흘러내리게 하고, 시냇가에 버들가지가 늘어지게 하고, 그 아래 안장 얹은 나귀를 그린 후에 붓을 던지고 임금에게 네 번 절을 하였다.

임금이 말하였다.

"너는 죽을 죄인인데, 네 번 절하는 것은 무슨 뜻이냐?"

운치가 아뢰었다.

"신은 이제 폐하를 하직하고 산속으로 들어가나이다."

그림 속의 나귀 등에 올라 산속으로 들어가니 문득 간데없었다.

임금이 크게 화를 내며 말하였다.

"내가 이놈에게 또 속았으니 이를 장차 어찌하리오."

좌우에게 명하여 그림을 불태우라 하시고, 죄인들을 다시 엄히 심문하여 자백을 받은 후에 끌어내 목을 쳐 죽이라 명하였다. 운치에게 속은 것을 못내 원통하게 생각하여 각 도에 공문을 보내, 운치를 잡아들이는 자가 있으면 천금의 상과 벼슬을 주겠다고 하였다.

운치가 요술을 부려 임금을 속이고 죽을 액(厄)에서 벗어나 집에 돌아와 어머니께 전후 사연을 고하니, 어머니가 크게 놀라며 꾸짖었다.

"앞으로는 몸을 감추고 다시 조정에 나가지 마라. 네 임금을 속였으니 그 죄는 천지간에 용납되지 못할 것이로다. 죽은 뒤에 무슨 면목으로 조상을 뵈려고 하느냐?"

운치가 어머니의 경계를 들은 후에는 산중에 있으면서 조용히 글공부에 힘썼다.

가끔씩 나귀를 타고 경치를 구경하였는데, 한 곳에 이르러 보니 젊은 중이 고운 여자를 데리고 산중으로 들어가더니, 얼마 지나서 그 여자가 나무에 올라 목을 매려 하였다. 운치가 마침 촌가에서 술을 사 먹고 산 위로 올라오다가 이를 보고 놀라 급히 나아가 맨 것을 풀고 손발을 주물러 정신을 차리게 하고, 목을 맨 까닭을 물었다.

그 여자가 말하였다.

"아까 지나가던 중은 남편이 살았을 때 친하게 지내던 놈이고, 저는 일찍이 홀로되어 수절하고 지냈습니다. 오늘은 남편의 제삿날입니다. 그 중놈이 와서 저를 달래면서 자기 절에 가서 재(齋)를 올리자고 하며 같이 가기를 간청해서 믿어 의심치 않고 따라갔습니다. 그런데 그놈이 불측한 마음을 먹고 이곳에 와서 나를 겁탈하여 훼절케 하니 살아서 쓸데없겠기에 자결하고자 하였습니다."

운치가 그 여자를 위로하여 집으로 보냈다. 이튿날 다시 산에 올라가니 큰 암자가 있고 어제 보았던 중놈이 그곳에 있었다. 운치가 가만히 주문을 외우며 기운을 내어 부니, 그 중이 변하여 전운치의 모습이 되었다. 운치가 그 중을 절에 그냥 머물러 두고 동정을 살피고 있는데, 마침 포도청 포교들이 순찰을 왔다가 그 중놈을 보더니 전운치로 여기고 태수에게 급히 고하였다. 태수가 크게 기뻐하며 군사를 보내 그 중놈을 잡아 결박하여 경성으로 올려 보냈다.

임금이 즉시 직접 심문하려 준비를 갖추게 하였는데, 승정원에서 아뢰었다.

"각 도와 각 읍에서 전운치를 잡아들인 것이 삼백육십 명이오니, 이는 반드시 전운치의 요술인가 하나이다."

임금이 크게 화가 났으나 어떻게 처리할지 모르고 있는데, 도승지 왕연희가 아뢰었다.

"전운치의 환술이 예측하기 어렵사옵니다. 이번에도 잡지 못할 염려가 있사오니, 진짜와 가짜를 가리지 말고 모두 다 베어 버리는 것이 좋겠습니다."

임금이 이 말이 옳다고 여기고 십자각에 올라앉아 모든 전운치를 잡아들여 차례로 베라고 하였는데, 그 중 한 사람이 나아와 아뢰었다.

"신은 전운치가 아니고 도승지 왕연희옵니다."

임금이 보니 분명 왕연희였다.

그러나 좌우 신하들에게 물으니 "이자는 전운치옵니다."라고 대답하였다.

임금이 탄식하며 말하였다.

"국운이 불행하여 요괴가 이같이 장난하니 종사를 어찌 보전하리오. 역적 하나를 죽이려고 죄 없는 신하와 애매한 백성을 많이 죽이겠도다."

● **십자각**(十字閣) 조선 시대에 경복궁의 정문인 광화문의 동서 양쪽에 있던 망루(적이나 주위의 동정을 살피기 위하여 높이 지은 다락집). 지금은 동쪽의 동십자각만 남아 있다.

이에 심문하는 것을 그쳤다.

운치가 구름 속에서 요술을 행하고 변신하여 왕연희가 되어 궐문을 나오니, 하인들이 마부와 말을 대령하였다가 모시고 왕연희의 집으로 돌아갔다. 바로 내당으로 들어가 왕연희의 부인과 말을 주고받았으나 부인은 물론 집안사람 누구도 그가 전운치인 줄 전혀 알아차리지 못하였다.

이때 진짜 왕연희가 궐에서 나와 하인을 찾았으나 아무도 없었다. 이상하게 여겨 동료의 말을 빌려 타고 집에 돌아오니 하인들이 문 앞에 있었다. 왕연희가 크게 화를 내면서 집에 와 있는 까닭을 물으니, 하인들이 말하였다.

"소인들이 아까 상공을 모시고 왔는데 또 어찌 상공이 계실 수 있습니까?"

그러면서 얼굴을 찬찬히 살펴보거늘, 왕연희가 괴이하게 여겨 내당으로 들어가 보니 시비들이 손뼉을 치며 말하였다.

"아까 우리 상공이 나오셨는데, 이 어찌 된 일인가."

왕연희가 아무것도 모르고 침실로 들어가니 과연 다른 왕연희가 부인과 이야기를 나누고 있거늘, 왕연희가 크게 화를 내고 꾸짖으며 말하였다.

"너는 어떤 놈이기에 감히 사대부 집에 들어와 내 부인과 말을 주고받고 있느냐?"

하인들에게 호령하여 빨리 결박하라고 하였다.

운치가 말하였다.

"너는 웬 놈인데 내 얼굴로 내당에 들어와 내 부인을 겁탈하려 하느냐? 이런 변이 어디 있느냐?"

하인을 호령하여 빨리 몰아 내치라고 하였다.

하인들이 이 거동을 보니, 누가 까마귀의 암수를 구별할 수 있으리오. 어찌할 줄을 모르고 있는데, 운치가 도리어 호령하며 말하였다.

"내 전에 들으니 요물은 사람의 형상을 오래 쓰지 못한다고 하더라."

운치가 왕연희를 향하여 물을 뿜고 주문을 외우니 왕연희가 변하여 구미호가 되었다. 노복들이 그제야 칼과 몽둥이를 들고 달려들어 때려 죽이려 하거늘, 운치가 말리며 말하였다.

"이 일은 큰 변고이니 나라에 고하여 처치할 것이다. 아직 단단히 묶어 방 안에 가두고 잘 지키라."

노복들이 명령을 듣고 왕연희를 동여매 가두었다.

왕연희가 뜻하지 않은 변고를 당하여, 말을 하면 여우의 소리가 났다. 정신이 아득하여 다만 눈물만 흘리고 누워 있으니, 겉은 짐승의 모양이요 속은 사람이라.

운치가 생각하기를 '며칠만 속이면 살지 못하리라.' 하고, 그날 밤 사경(四更)에 왕연희를 찾아가 보고 말하였다.

"네가 나와 더불어 원수진 일이 없는데, 나를 죽여 나라에 공을 세우려 하기에 내가 먼저 너를 죽여 한을 씻으려 하였다. 그러나 내 평생 살생을 하지 않기에 너를 용서하리니, 너는 마땅히 다시는 이런 행실을 하지 말라."

주문을 외우니 도로 왕연희가 되었다.

왕연희가 그제야 운치의 요술로 그리 된 것인 줄 알고 황겁하여 말하였다.

"전 공의 높은 재주를 모르고 잘못 죄를 범하였노라."

수없이 감사의 말을 하니, 운치가 다시 당부하여 말하였다.

"내 그대를 구하고 가나니, 내가 돌아간 후에 집안이 시끄러울 것이니 이리이리하라."

그러고 나서 남서부로 돌아갔다.

왕연희가 즉시 노복을 불러 말하였다.

"그 요괴를 자세히 보라."

노복들이 방에 가 보니 요괴가 간데없었다. 모두 놀라 그대로 고하니, 왕연희가 일부러 화난 체하며 말하였다.

"너희가 제대로 지키지 못해 도망갔도다."

수없이 꾸짖은 후 물리쳤다.

운치가 다시 암자에 가 보니 그 중이 운치의 모양 그대로 있었다. 운치가 그 중을 향해 물을 뿜고 주문을 외우니 도로 원래의 모습이 되었다. 운치가 크게 꾸짖으며 말하였다.

"네 중이 되어 불도를 숭상할 것이로되, 수절하는 여자를 유인하여 겁탈하고 훼절케 하여 목숨을 끊으려는 지경에 이르게 하였으니, 그 죄는 만 번 죽어도 가볍지 않도다. 너를 전운치의 모습이 되게 하여 죽이고자 하였으나 차마 살생을 하지 못해 너를 살려 다시 원래 모습으로 되돌려 주니 앞으로는 그런 행실을 하지 말라."

이렇게 말하고 집으로 향하였다.

돌아오는 길에 한 곳에 이르러 보니, 여러 소년이 족자를 가지고 다투어 보면서 칭찬하고 있었다.

"이 족자 그림은 천하의 명화로다."

운치가 나아가 보니 미인이 아이를 안고 희롱하는 모습을 그린 미인도였는데, 입으로 말하는 듯 눈으로 보는 듯하여 마치 살아 있는 것 같았다. 운치가 한 가지 계교를 생각하고 웃으며 말하였다.

"이 그림이 무슨 명화라고 그대들은 그렇게 지나치게 칭찬하느냐?"

그 중 오생이라는 자가 대답하였다.

"그대는 눈이 높아 그렇게 말하는지 모르겠지만, 물정 모르는 말을 하지 말라. 이 그림은 말하는 것 같기도 하고 보는 것 같기도 하니 어찌 명화가 아니리오."

운치가 웃으며 그 값을 물으니 오생이 대답하였다.

"은자 오십 냥이니 그림에 비하면 오히려 값이 싸도다."

운치가 말하였다.

"내게도 족자가 하나 있으니 그대들은 보라."

소매 안에서 미인도를 내어놓으니, 그 미인이 매우 아름다웠다. 몸에 초록 저고리 붉은 치마를 입고 머리에 화관을 썼는데, 정말 꽃처럼 아름다워 견줄 데가 없을 정도였다.

여러 사람이 보고 칭찬하며 말하였다.

"이 그림도 마치 살아 있는 것 같으니 우리의 족자와 비슷하도다."

운치가 비웃으며 말하였다.

"그대의 족자도 좋지만 살아 움직이는 듯한 기운은 내 족자만 못하다. 이 그림의 격(格)을 보라."

족자를 걸어 놓고 가만히 불렀다.

"주 선랑(酒仙娘)은 어디 있느냐?"

갑자기 그 미인이 대답하며 동자를 데리고 나왔다.

운치가 말하였다.

"모든 공자에게 술을 부어 드려라."

선랑이 대답하고 잔에 술을 부어 드리니, 운치가 먼저 마시고 차례로 여러 사람이 받아 마셨다. 그 술맛이 매우 뛰어났다. 사람들이 술 마시기를 마치니 선랑이 술상을 거두어 그림 속으로 들어갔다. 사람들이 크게 놀라 서로에게 말하였다.

"이 그림은 하늘의 조화도 아니고 꿈속의 장난도 아니니, 만고에 희한한 보배라."

오생이 자기가 시험해 보리라 하고 운치에게 부탁하였다.

"우리가 술이 모자라니 원컨대 주 선랑을 불러 술을 더 청하여도 되겠는가?"

운치가 허락하니, 오생이 가만히 주 선랑을 불렀다.

"술이 모자라니 더 먹기를 청하노라."

문득 주 선랑은 술병을 들고 동자는 술상을 가지고 전처럼 나와서

● **선랑**(仙娘) 선녀같이 아름다운 여자.

병을 기울여 술을 따라 주었다. 오생이 먼저 먹고 나머지 사람들도 차례로 한 잔씩 마신 후에 일어나 사례하며 말하였다.

"오늘 그대를 만나 좋은 술을 먹고 신기한 일을 보았으니 참으로 행운이로다."

운치가 말하였다.

"이 족자 그림이 비록 생기가 있지만 쓸데없는 것이고, 그림의 술을 먹고 무슨 사례를 하리오."

오생이 말하였다.

"족자가 쓸데없거든 내게 팔고 가는 것이 어떠한가?"

운치가 말하였다.

"부디 가지고자 하는 사람이 있거든 팔고자 하노라."

오생이 값을 물어보니, 운치가 말하였다.

"술병을 가진 이는 천상의 주 선랑이오 그 술은 일생 동안 마르지 아니하니, 이는 극진한 보배라. 그러므로 은자 천 냥을 받고자 하노라."

오생이 말하였다.

"값이 얼마인지는 따지지 말고, 형은 내 집으로 가는 것이 어떻겠는가?"

운치가 허락하고 함께 오생의 집에 가서 족자를 주며 말하였다.

"내일 내가 다시 올 것이니 값을 준비해 두라."

운치가 간 후에 오생이 술에 취하여 족자를 외당 벽에 걸어 놓고 보니, 주 선랑이 그림에서 나와 병을 들고 서 있었다. 오생이 그 고운 태도를 흠모하여 옥 같은 손을 잡아 무릎 위에 앉히고 사랑하는 마음을 이기지 못하여 잠자리에 들려고 하였다. 그때 갑자기 문이 열리더니 오생의 처 민씨가 급히 달려 들어왔다. 민씨는 원래 질투하는 데 선봉이요 샘내는 데 대장으로, 남의 일을 보아도 칼을 들고 달려오는 성격이었다. 그날 밤 오생이 주 선랑을 희롱하는 것을 보고 매우 화가 나 선랑을 때리려 하였는데, 선랑이 벌써 그림 속으로 들어가 버리니 민씨가 더욱 분노하여 족자를 떼어 찢어 버렸다.

오생이 매우 놀라며 말하였다.

"남의 족자를 사려고 은자 천 냥에 약속하였는데, 임자가 오면 어찌하겠는가?"

민씨가 말하였다.

"임자가 오면 내 마땅히 꾸짖고 욕할 것이로다."

서로 다투고 있을 때 마침 운치가 오거늘, 오생이 운치를 맞으며 그 사연을 말하였다.

운치가 듣고 민씨를 벌하고자 하여 민씨에게 철사로 엮은 그물을 씌우니, 민씨가 정신은 사람이나 몸은 이무기가 되어서, 말을 하려고 해도 말이 나오지 아니하고 일어나려고 해도 몸을 움직일 수가 없었다.

운치가 오생에게 말하였다.

"그대를 위해 족자를 두고 갔는데, 이제 보배를 없애 버렸으니 그대를 만난 것이 불행이로다. 그대의 집에 큰 변이 날 것이니 조심하라."

오생이 말하였다.

"무슨 변고인가?"

운치가 말하였다.

"그대 집에 천 년 묵은 짐승이 그대의 부인이 되어 변고를 일으키리라."

오생이 말하였다.

"무슨 일로 요망한 괴물이 변고를 일으키겠는가?"

운치가 말하였다.

"그대의 부인이 내 족자를 찢었기에 요괴가 되어 소란을 일으킬 것이니, 그대는 방문을 열고 보라."

오생이 믿지 않고 방문을 열어 보니 과연 민씨는 간데없고 길이가 세 발은 되는 이무기가 엎드려 있었다. 오생이 크게 놀라며 운치에게 말하였다.

"정말 이무기가 있으니 죽이고자 하노라."

운치가 말리며 말하였다.

"그 요괴는 천 년 묵은 정령이니 만일 죽이면 큰 화가 일어날 것이다. 내 부적 한 장을 이무기의 허리에 매어 두면 오늘 밤에 자연히 없어질 것이로다."

운치는 부적을 내어 이무기의 허리에 매고 오생에게 당부하였다.

"문을 열어 보지 말라."

- **발** 과거에 사용하던 길이의 단위. 두 팔을 양옆으로 펴서 벌렸을 때 한쪽 손끝에서 다른 쪽 손끝까지의 길이이다.
- **정령(精靈)** ① 죽은 사람의 영혼. ② 산천초목이나 무생물 따위의 여러 가지 사물에 깃들어 있다는 혼령.

운치가 돌아가 날 새기를 기다렸다가 오생의 집으로 가서 민씨를 보고 꾸짖으며 말하였다.

　"네가 남편을 업신여겨 포악을 일삼으며 질투를 숭상하여 심지어 남의 족자를 찢고 나를 욕하였으니, 그 죄로 쇠그물을 씌워 돌구멍에 넣고 괴로움을 겪게 하려고 하였으나, 이제 잘못을 고치려고 한다면 그물을 벗겨 주리라."

　민씨가 고개를 끄덕였다.

　운치가 주문을 외우니 쇠그물이 저절로 벗겨졌고, 민씨는 기뻐 일어나서 여러 번 절하며 고마워하였다.

기록 속 전우치는 어떤 사람이었나?

전우치(田禹治)는 조선 시대 중기에 실존했던 인물로 알려져 있지만, 언제 어디서 태어나고 죽었는지는 물론, 어떠한 일생을 보냈는지를 자세하게 알 수 있는 자료는 거의 없습니다. 《조선왕조실록》과 같은 당대의 공식적인 역사책에는 전혀 나오지 않고, 전우치 본인의 문집도 존재하지 않습니다. 상당히 신비로운 인물이라고 할 수 있습니다. 다만 몇몇 사람의 문집이나 야담 같은 기록에서 단편적인 자취를 확인할 수 있는데, 그 기록들을 통해서 전우치가 어떤 인물이었는지 한번 살펴볼까요?

도술에 뛰어났던 인물

전우치와 직접적인 교류를 맺었던 사람들은 나식, 이희보, 강원, 박광우, 신광한, 송인수 같은 지식인들이었습니다. 그런데 이들은 대체로 1480년대에 태어나서 1540년대에 죽은 사람들입니다. 따라서 전우치도 이들과 나이가 비슷했을 것이고, 성인이 되어 본격적으로 활동하던 시기는 16세기 초중반이라고 생각할 수 있겠습니다. 조선의 왕으로 따지자면 중종과 명종 때입니다.

전우치는 당대에 도술 또는 마술로 이미 유명세를 떨쳤던 인물입니다. 도술을 발휘해 귀신도 부리고 병든 사람을 치료하기도 하며, 입 안의 밥알을 뿜어 나비로 변하게 하기도 합니다. 심지어는 피를 흘리며 팔다리가 떨어진 아이의 신체를 이어 붙여 되살려 내는 믿지 못할 마술을 보여 주기도 합니다. 그러나 그가 보여 주는 도술이나 마술은 당대의 최고 수준으로 평가받지는 못했던 것 같습니다. 전우치는 항상 장도령, 정렴, 윤군평 등과 비교되어 그들보다 도술 능력이 떨어진다고 했고, 특히 윤군평과의 도술 대결에서 패배하여 죽음을 맞이했다는 이야기도 있습니다.

전우치에 대한 평가

전우치에 대해서 이미 오래전부터 긍정적인 시각과 부정적인 시각이 공존했습니다. 전우치와 관련된 기록들 중 어떤 것은 수준 높은 한시를 잘 쓰는 문학가로 설명하기도 하고, 세상의 이치를 통달한 신선 같은 존재로 언급하기도 하며, 힘없고 병든 사람을 구제해 주는 긍정적인 인물로 전우치를 바라봅니다. 그러나 어떤 기록들은 전우치가 자기를 찾아온 소년 또는 여성을 궁지로 몰아넣어 도술을 습득했고, 습득한 도술을 옳지 않은 패

륜적인 데에 사용했다가 결국은 도술로 백성들을 속이고 우롱했다는 죄목으로 국가에서 그를 잡아다 죽였다는 이야기도 있습니다.

현재 남아 전하는 기록들을 통해서 실존 인물 전우치의 실제 삶과 성격을 제대로 알아내기는 어렵습니다. 기록 자체가 적어서이기도 하지만, 모든 기록은 나름대로 의도성을 가지고 있기 때문에 진실을 알아내는 것이 말처럼 쉬운 일은 아닙니다. 기억하고 싶은 것만 기록으로 남기려는 욕망은 예나 지금이나 크게 다르지 않을 겁니다. 좀 어려운가요? 그러나 어쨌든 한글소설 〈전우치전〉은 전우치 관련 기록들을 두루 참조하면서 만들어졌을 것이라는 추정을 할 수 있습니다.

강림도령에게 혼이 나다

운치가 집으로 돌아오는 길에 전에 함께 공부하였던 양봉안이란 사람을 찾아가 보니, 병이 들어 누워 있었다. 운치가 놀라 병의 증세를 자세하게 물으니, 양생이 말하였다.

"마음속 깊은 곳이 아프고 식음을 전폐한 지 오래되었으니 다시 일어나지 못할 듯하네."

운치가 진맥하고 말하였다.

"이 병이 사람을 생각하여 난 병이니, 누구 때문에 이 병이 났는가?"

양생이 말하였다.

"과연 그러하도다. 다름이 아니라 남문 안 회현동에 사는 정씨란 여자는 경국지색인데 일찍이 남편을 잃고 홀로 지내고 있네. 우리 삼촌 집과 이웃하여 있어서 담 사이로 우연히 본 뒤로부터 사모하는 마음

90

이 날로 간절하여 병세가 이와 같으니, 반드시 세상에 오래 머물지 못할 것 같네."

운치가 말하였다.

"말 잘하는 매파를 보내 통혼하여 보게."

양생이 말하였다.

"그 여자는 절행이 특별하니 일을 성공하지 못하고 오히려 욕을 먹을 것이네."

운치가 말하였다.

"그렇다면 내가 형을 위하여 그 여자를 데려오는 것이 어떠하겠는가?"

양생이 말하였다.

"형이 아무리 재주가 뛰어나더라도 그 여자를 데려오지 못할 것이니 부질없이 마음 쓰지 마시게."

운치가 말하였다.

"형은 염려하지 마시게."

그러고는 구름을 타고 정씨 집으로 갔다.

정씨는 일찍 남편을 잃고 혼자 지내며 밤낮으로 슬퍼서 죽으려 하였

- **경국지색**(傾國之色) 임금이 혹하여 나라가 기울어져도 모를 정도의 미인이라는 뜻으로, 뛰어나게 아름다운 미인을 이르는 말.
- **매파**(媒婆) 혼인이 이루어지도록 중간에서 소개하는 할멈.

으나, 위로 늙은 어머니가 계시고 다른 형제가 없어 모녀가 서로 의지하여 세월을 보내고 있었다.

하루는 정씨가 마음을 안정하지 못하고 방 안에서 배회하고 있었는데, 문득 구름 속에서 한 선관이 붉은 도포에 옥으로 된 허리띠를 두르고 머리에 금관을 쓰고 옥으로 된 홀(笏)을 쥐고서 맑고 낭랑한 소리로 부르며 말하였다.

"주인 정씨는 나와서 옥황상제의 명을 들으라."

정씨가 이 말을 듣고 어머님께 고하니, 그 어머니가 놀라며 괴이하게 여겨 급히 마루 위에 향로 올린 상을 차려 놓고 정씨는 뜰에 내려와 엎드렸다.

운치가 말하였다.

"문 선랑아! 인간 세상의 재미가 어떠하냐? 이제 천상의 요지반도연에 참석하라."

정씨가 옥황상제의 명을 듣고 크게 놀라며 말하였다.

"저는 인간 세상의 더러운 몸이고 또한 죄인입니다. 어찌 천상에 오르겠습니까?"

운치가 말하였다.

"문 선랑은 세상의 더러운 물을 먹어 천상의 일을 잊었도다."

운치가 호로병에 향기로운 술을 가득 부어 동자에게 권하게 하였다. 정씨가 받아서 마시니 아득하여 정신을 차리지 못하였다. 운치가 정씨를 구름에 싸서 공중에 오르니, 그 어머니는 공중을 향하여 수없이 하례하였다.

이때에 강림도령이 여러 거지들을 모아 저잣거리로 다니며 양식을 구걸하였는데, 홀연 향기로운 냄새가 나며 아름다운 구름이 동남쪽으로 흘러갔다. 강림도령이 올려다보고 손을 들어 한번 구름을 가리키자 구름문이 저절로 열리며 선관과 고운 여자가 땅으로 떨어지니, 이는 전운치였다. 운치가 정씨를 데리고 구름을 타고 공중으로 가고 있는데, 문득 검은 기운이 공중으로 오르며 술법이 저절로 풀려 땅에 떨어진 것이다. 운치가 크게 놀라 좌우를 살펴보니 아무것도 없었다. 괴이하게 여겨 다시 술법을 행하려 하자, 문득 한 거지 아이가 나와 큰 소리로 꾸짖었다.

"필부 전운치는 들으라. 네가 요술을 배워 하늘을 속이고 열녀의 절개를 꺾으려 하니 어찌 밝은 하늘이 무심하겠느냐? 이러므로 하늘이 나로 하여금 너 같은 놈을 죽이라 한 것이니, 나를 원망하지 말라."

운치가 매우 화를 내어 차고 있던 칼을 빼 위협하려 하였는데, 그 칼이 변하여 흰 호랑이가 되어 도리어 운치를 해치려 하였다. 운치가 의심하여 피하고자 하였으나 갑자기 발이 땅에 붙어 움직이지 않고, 급히 변신하고자 하였으나 술법이 말을 듣지 않았다. 운치가 크게 놀라 살펴보니, 그 아이의 모습이 남루하나 도술이 높은 줄을 알고 몸을 굽히고 빌며 말하였다.

"소생이 눈은 있으나 눈망울이 없어 선생을 몰라보았으니 그 죄는

● **요지반도연**(瑤池蟠桃宴) 천상의 연못인 요지에서 3000년에 한 번씩 열린다는 복숭아[蟠桃(반도)]를 차려 놓고 벌이는 잔치.

만 번 죽어도 애석하지 않습니다. 그러나 늙은 어머니가 계신데 집이 빈한하여 능히 봉양할 수 없어 부득이 임금을 속인 것이요, 목숨을 도모하기 위한 것이기도 합니다. 이제 정씨의 절행을 해치려 한 것은 병든 벗을 살리려 한 것이오니, 원컨대 선생은 죄를 용서하시고 신선 의 도를 가르치소서."

강림도령이 말하였다.

"그대가 말하지 않아도 나는 벌써 알고 있었거니와, 국운이 불행하 여 그대 같은 사람이 요술로 변란을 일으키니 그대를 죽일 것이로되, 늙은 어미가 있다는 사정을 생각하여 아직 살려 주노라. 이제 빨리 정 씨를 데려다가 제집으로 보내고, 양봉안은 좋은 계교로 살려 내라. 정 씨를 대신할 사람이 있으니, 일찍 부모를 여의고 홀로 의지할 곳 없어 극히 빈한하나 그 마음이 어진 사람이니, 성이 정씨요 나이는 스물넷 이라. 그대가 만일 내 말을 어기면 몸에 큰 화가 미치리라."

운치가 사례하며 말하였다.

"선생의 높으신 성명을 알고자 하나이다."

그 사람이 대답하였다.

"나는 강림도령이니 세상을 희롱하고자 하여 두루 다니고 있노라."

강림도령이 전우치의 요술 행하는 법을 도로 풀어 놓으니, 운치가 즉시 정씨를 데리고 정씨 집에 가서 공중에서 그 어미를 불러 외치며 말하였다.

"아까 옥경(玉京)에 올라가니 옥황상제께서 이르시기를, '문 선랑은 아직 죄를 다 씻지 못하였으니 도로 인간 세계에 보내어 고행을 더 지내게 한 후 데려오라.' 하시기에 도로 데려왔으니 부디 선심(善心)을 닦게 하라."

향기로운 약을 내어 정씨 입에 넣으니, 이윽고 정씨가 깨어 정신을 차렸다.

운치가 다시 강림도령에게 가서 아까 알려 준 여자의 거처를 물으니, 강림도령이 환형단을 주며 그 집을 가르쳐 주었다. 운치가 하직하고 그 집을 찾아가니, 허물어져 가는 한 칸 초가집에 어떤 여자가 시름을 띠고 홀로 앉아 있었다.

운치가 나아가 달래어 말하였다.

"낭자의 고단함은 내 이미 알고 있었도다. 스물한 살이 넘도록 출가하지 못하여 외로운 처지가 불쌍하도다. 내 낭자를 위해 중매가 되고자 하노라."

낭자가 부끄러워 머리를 숙이거늘, 운치가 환형단을 먹이고 물을 뿜으며 주문을 외우니 정씨녀와 똑같은 얼굴이 되었다. 운치가 정씨에게 양생이 병든 까닭과 정씨녀를 데려가던 사연을 이야기하며 이리이리 하라고 이르고, 보자기를 씌워 구름을 타고 양생의 집에 가 그 여자를 외당에 두고 내실에 들어가 양생을 보고 말하였다.

"과연 정씨의 절행이 높아 감히 말을 걸어 보지도 못하고 그냥 왔노라."

• **환형단**(換刑丹) 겉모습을 바꿀 수 있게 하는 신선의 약.

양생이 처량하게 탄식하며 말하였다.

"형의 재주로도 성사치 못하였으니 어찌 다시 마음먹을 수 있겠소?"

운치가 여러 번 타이르며 수없이 조롱하다가 말하였다.

"내 이번에 정씨는 못 데려왔지만 정씨보다 열 배나 더 고운 미인을 얻어 왔노라."

양생이 말하였다.

"내 미인을 많이 보았으나 정씨 같은 인물은 없었으니, 형은 모름지기 농담을 하지 말라."

운치가 말하였다.

"내 어찌 병든 사람과 희롱하리오? 이제 외당에 두고 왔으니 이는 경국지색이라. 나가 보면 알 것이로다."

양생이 반신반의하여 겨우 일어나 외당에 나가 보니, 과연 한 미인이 소복을 입고 있었는데, 두렷한 얼굴은 가을 하늘에 뜬 보름달이요 분명한 눈길은 샛별 같아, 그 곱고 아름다운 모습이 비할 데가 없었다. 양생이 한번 보니 자나 깨나 생각하던 정씨이거늘, 양생이 정신이 황홀하여 취한 듯 미친 듯 반갑고 즐거움을 차마 이기지 못하여 그 후부터 병세가 점점 나아졌다.

화담을 따라 영주산으로 들어가다

운치가 호주를 보려고 예단을 갖추어 가지고 호주로 갔다.

이때 서화담이 시동에게 분부하였다.

"오늘 오시(午時)에 전생이란 사람이 올 것이니 초당을 깨끗이 치워 두거라."

운치가 산어귀에 다다라 천천히 걸으며 두루 구경하니, 소나무와 대나무는 푸르고 골짜기에 흐르는 물은 잔잔한데, 사슴과 노루는 벗을 찾아다니고 흰 학은 춤을 추며 희롱하고 있었다. 이는 정말 별천지요, 인간 세상이 아니었다. 대숲 사이로 사립문에 나아가 두드리니 동자가

• **호주** 미상. 문맥상 '서화담' 또는 '서화담이 거처하는 곳'을 가리키는 말인 듯함.
• **시동**(侍童) 귀인 밑에서 잔심부름을 하는 아이.

나와 물었다.

"선생은 전 공이 아니십니까?"

운치가 말하였다.

"동자가 어찌 나를 아는가?"

동자가 말하였다.

"아침에 선생이 일러 주셨기에 아옵니다."

운치가 크게 기뻐하며 동자로 하여금 가지고 간 선물을 받들어 드리게 하고 뵙기를 청하니, 화담이 즉시 초당으로 청하여 손님과 주인의 예로 맞이하고 이야기를 나누었다.

운치가 말하였다.

"소생이 선생의 높은 이름을 우레같이 듣고 천 리를 멀다 하지 않고 왔사오니, 가르침을 주시기를 바라나이다."

화담이 사양하며 말하였다.

"전 공이 나를 떠보러 왔도다. 내 무슨 도학(道學)이 있기에 이같이 지나친 칭찬을 하는가? 내 들으니 그대 법술이 높아 모르는 일이 없다 하기에 한번 보기를 원하였더니, 이제 이렇게 만나게 되어 평생에 큰 행운이로다."

운치가 일어나 고마움을 표하고 종일 한가롭게 대화를 나누었다. 화담이 시비에게 명하여 술과 안주를 재촉하고, 또 칼을 빼어 벽 위에 꽂으니, 신선이 마시는 영출주(苓朮酒)가 술동이에 흘러 잠깐 사이에 한 항아리가 차자 즉시 칼을 뺐다. 북쪽 벽에 걸려 있는 그림에는 아름답게 단청한 집이 두렷한데, 사창을 열고 보니 고운 옷을 입은 선녀가 술상을 갖추어 들고 나와 운치 앞에 놓더니 잔을 받들어 술을 권하였다. 운치가 받아 먹어 보니 매우 향기로웠다.

운치가 화담에게 감사의 인사를 하였다.

"소생이 선경에 이르러 신선의 술과 진수성찬을 맛보았으니, 지극히 감사하옵니다."

화담이 웃으며 말하였다.

"그대 어찌 하찮은 술과 안주를 일컫는가?"

서로 술잔을 주고받고 있는데, 문득 어떤 사람이 소박한 옷차림으로 들어와 말하였다.

"앉아 계신 손님은 누구십니까?"

화담이 말하였다.

"남서부에 사는 전 공이라."

화담이 운치를 향해 말하였다.

"이 사람은 나의 아우 용담이거니와 그대와 한번 본 적도 없기에 손님을 대하는 도리를 잃었으니 그대는 용서하라."

운치가 눈을 들어 용담을 보니 눈썹과 눈이 맑고 빼어나며 골격이 당당하여 위엄 있는 풍채가 사람을 놀라게 하였다. 이윽고 용담이 운치에게 예를 갖추며 말하였다.

"선생의 높은 술법을 들은 지 오래되었지만 오늘에야 서로 만나게 되니 너무 늦었습니다. 그러나 원컨대 선생의 도술을 한번 구경하고자 합니다."

운치가 말하였다.

"변변치 못한 사람이 어찌 도술이 있겠습니까?"

용담이 다시 간청하자 운치가 한번 시험해 보고자 하여 즉시 주문을 외우니, 용담이 쓴 관이 변하여 뿔이 세 발이나 되는 소머리가 되어 돌 위로 떨어져 눈을 실룩이며 입을 벌렸다. 용담이 자기가 쓴 관을 소머리로 만드는 것을 보고 화가 나 즉시 주문을 외우니, 운치가 썼던 갓이 변하여 돼지머리가 되어 바위 위로 떨어져 어금니를 드러내고 귀를 떨며 기어 다녔다.

운치가 '이 사람의 재주가 비상하니 가히 겨루어 보리라.'라고 생각하고, 돼지머리를 향하여 주문을 외우니 돼지머리가 변하여 세 갈래 긴 창이 되었다. 용담도 또한 소머리를 향하여 주문을 외우니 소머리가 변하여 큰 칼이 되었다. 칼과 창이 함께 공중으로 올라가 어우러져 싸우니 햇빛에 빛났다.

용담이 또 부채를 던지며 주문을 외우니 칼과 부채가 변하여 적룡과 청룡이 되고, 운치가 쥐고 있던 부채 장식을 던지니 창과 부채 장식이 변하여 백룡과 흑룡이 되었다. 네 용이 어우러져 싸우는데, 안개가 자욱하고 벽력이 진동하여 승부를 가리지 못하였다. 청룡과 적룡이 점점 기운이 빠지자, 화담이 '두 사람이 재주를 겨루다가는 결국 좋지 않으리라.'라고 생각하고 연적(硯滴)을 공중으로 던지니, 갑자기 네 마리 용이 모두 땅에 떨어지며 변하여 도로 본래의 모습이 되었다.

운치가 먼저 갓을 집어 쓰고 부채 장식을 거둔 후에 말을 부드럽게 하였으나, 용담은 기분 좋게 관과 부채를 거두지 아니하였다.

운치가 하직하며 말하였다.

"오늘 외람되게 재주를 겨뤄 선생의 높은 도술을 욕되게 하였으니 그 죄 가장 큽니다. 후일에 사죄하겠습니다."

화담이 운치를 보내고 용담을 꾸짖으며 말하였다.

"너는 청룡과 적룡을 내고 운치는 백룡과 흑룡을 내니, 청(靑)은 나무이고 적(赤)은 불이요, 백(白)은 쇠이고 흑(黑)은 물이니, 오행(五行)에 쇠는 나무를 이기고 물은 불을 이기느니라. 네 어찌 운치를 이기겠는가? 하물며 부질없이 겨루어 내 집에 온 손님을 해하고자 하느냐?"

용담이 사죄하였으나 마음속으로는 운치에게 매우 화가 나서 해할 뜻을 가지고 있었다.

그 후 삼 일 만에 운치가 다시 화담을 찾아뵈었다.

화담이 말하였다.

"내 그대에게 부탁할 일이 있으니 즐거이 따르겠느냐?"

운치가 말하였다.

"무슨 일이십니까?"

화담이 말하였다.

"남쪽 바다에 큰 산이 있으니 이름을 화산이라 하는데, 그 산속에 도인이 있으니 호가 운수선생이라. 내 어려서부터 공부를 배웠는데, 선생이 여러 번 글월을 부쳤으나 지금껏 회답하지 못하였도다. 이제 그대를 만났으니, 그대가 가히 다녀오겠느냐?"

운치가 흔연히 허락하자, 화담이 말하였다.

"내 생각하건대 화산은 바다 가운데 있으니 쉽게 다녀오지 못할까 하노라."

운치가 말하였다.

"소생이 비록 재주 없사오나 순식간에 다녀오겠습니다."

화담이 끝내 믿지 아니하니, 운치가 마음속으로 화담이 자기를 하찮게 여기는가 하여 이렇게 말하였다.

"소생이 만일 순식간에 다녀오지 못하거든 여기에서 죽는 한이 있더라도 다시 산문(山門)을 나가지 아니하겠습니다."

화담이 말하였다.

"진실로 그러하다면 가게 하겠지만, 행여 실수가 있을까 염려하노라."

화담이 즉시 글월을 써 주니, 운치가 받아 가지고 변신하여 해동청 보라매가 되어 공중에 올라 바다로 향하였다. 날아가며 바라보니 난데없는 그물이 앞을 가렸거늘, 운치가 넘어가려 하였으나 그물이 자꾸만 높아져 앞을 가렸다. 운치가 솟아 떠서 아무리 그물을 넘으려 해도 그물이 점점 따라 높아져 하늘에 닿았고, 그물의 아래 끝은 물속에 잠겨 있었다. 또 좌우편으로 높이 떠서 가려 하였지만 그물이 하늘의 모든 끝까지 닿아 있어 화산으로 갈 수가 없었다.

십여 일을 죽을 정도로 애를 쓰다가 어쩔 수 없이 돌아와 화담에게 바다 가운데서 고생하던 사연을 고하니, 화담이 말하였다.

"그대가 큰소리를 치고 갔으나 다녀오지 못하였으니 이제 산문을 나가지 않는 것이 어떠한가?"

운치가 무안하여 달아나고자 하니, 화담이 알아차리고 변신하여 삵이 되어 달려들었다. 운치가 일이 급하여 보라매로 변신하여 날아가려 하자 화담이 또한 청사자가 되어 운치를 물어 쓰러뜨리고 크게 꾸짖으며 말하였다.

"너는 요술로 임금을 속이고 또한 장난이 버릇없으니 어찌 죽이지 아니하리오."

운치가 애걸하며 말하였다.

"선생의 도술이 높으심을 모르고 존귀한 위엄을 범하였으니 그 죄는 만 번 죽어 마땅하오나, 소생에게 늙은 어미가 있사오니 원컨대 선생은 남은 목숨을 살려 주소서."

화담이 말하였다.

"내 이번에는 살려 주지만 다시는 그런 버릇없는 일을 행하지 말고 그대 어머니를 봉양하다가 어머니가 돌아가신 후에 나와 영주산에 들어가 신선의 도를 닦는 것이 어떻겠느냐?"

운치가 말하였다.

"선생이 가르치시는 대로 받들어 행하겠습니다."

운치가 하직한 후 집에 돌아와 요술을 행하지 아니하고 어머니를 봉양하였다.

세월이 물처럼 흘러 어머니가 돌아가시니, 운치가 예를 갖추어 선산에 안장하고 삼 년을 받들었다.

하루는 화담이 왔거늘, 운치가 황망히 나와 맞아 인사를 마치고 자리에 앉자 화담이 말하였다.

"그대와 약속한 일이 있기에 상중(喪中)에 있는 것을 알고도 왔도다.

이제 그 산에 있던 구미호를 잡아 돌상자에 가두고 그 소굴을 불 지르는 것이 어떻겠느냐?"

운치가 말하였다.

"이제 선생이 그 여우를 없애 주시면 진실로 온 나라에 아주 다행스런 일일 것입니다."

화담이 말하였다.

"내 이제 그대를 데려가려 하니 행장을 꾸리거라."

운치가 크게 기뻐하며 남은 재산을 노복들에게 나누어 주고는 말하였다.

"나는 이제 영이별하려 하니, 너희는 탈 없이 있으면서 내 조상의 제사를 받들어 다오."

선영(先塋)에 하직한 후에 화담을 모시고 구름을 타고 영주산으로 향하니, 그 뒷일은 알지 못한다.

정미년(1847) 음력 2월에 유곡에서 새로 간행하다.

• 유곡(由谷) 서울 을지로 1가 부근에 있던 마을 이름.

전우치를 능가했던 도술 실력자들

〈전우치전〉에서 전우치는 신출귀몰한 도술을 발휘하는 주인공입니다. 그런데 이런 전우치를 꼼짝 못하게 하는 등장인물이 두 사람 있습니다. 바로 강림도령과 서화담입니다. 그런데 강림도령과 서화담은 소설 〈전우치전〉에서 새롭게 창조해 낸 인물이 아니라 이미 알려져 있던 인물을 작품에 수용하고 변형한 것입니다. 이들에 대해 좀 더 자세하게 알아볼까요?

강림도령

강림도령은 무속 신앙에서 죽은 사람을 이승에서 저승으로 데려가는 저승차사 중 하나입니다. 차사(差使)는 염라대왕의 심부름꾼이라는 뜻으로 사자(使者)라고도 부릅니다. 저승차사는 보통 세 명으로 구성되어 있다고 믿었는데, 강림도령과 일직차사 해원맥, 월직차사 이덕춘이 그들입니다. 강림도령이 죽은 사람의 이름과 나이가 적힌 명부를 들고 영혼을 저승으로 데려가는 일련의 일을 주도한다면, 일직차사는 상대적으로 저승의 사정에 밝고, 월직차사는 이승의 사정에 밝다고 알려져 있습니다. 저승차사에 대해서는 제주도 무가 〈차사본풀이〉에 그 내용이 자세하게 전합니다. 최근에 이 〈차사본풀이〉를 콘텐츠로 하여 만화와 영화가 제작되어 인기를 끌기도 했습니다.

〈전우치전〉에서 강림도령은 저잣거리에서 거지들과 지내면서 뛰어난 도술을 발휘하여 옳지 않은 행위를 하는 사람을 하늘을 대신해 죽이는 역할을 합니다. 무속 신앙에서의 저승차사 이미지와는 조금 다르지만, 뛰어난 능력을 가지고 있고 인간의 죽음과 관련된 일을 한다는 점에서는 연관성을 발견할 수 있습니다.

서화담

서화담은 조선 중기 성리학자인 서경덕(1489~
1546)입니다. 화담(花潭)은 그의 호입니다. 서경덕
은 퇴계 이황이나 율곡 이이보다 약간 선배로,
이(理)보다 기(氣)를 중시하는 기일원론(氣一元
論)을 주장한 저명한 학자였습니다. 또한 벼
슬에 욕심을 내지 않고 거의 한평생 고향
인 개성에서 학문 연구에 매진했습니다.
그래서 후대 사람들은 개성 출신의 유명
한 기생 황진이, 개성의 명승지인 박연폭
포와 더불어 '송도삼절(松都三絶)'이라고
부르기도 했습니다. 송도는 개성의 옛날
이름입니다.

〈전우치전〉에서 서화담은 성리학자로
그려지지 않고 전우치보다 높은 도술을
부릴 수 있는 신선과 같은 존재로 나타납
니다. 이는 서화담이 성리학뿐만 아니라 신
선과 관련 있는 도교적인 학문에도 조예가
깊었던 데다가, 과거에 급제했음에도 불구
하고 관직 생활을 하지 않고 고향에만 머
문 은거자로서의 이미지와 관련이 있습
니다. 그래서 서화담은 〈전우치전〉뿐만
아니라 민간의 설화나 다른 소설에서
도 도술을 부리는 신선의 이미지로 나
타나는 경우가 많습니다.

〈전우치전〉에는 등장하지 않지만, 조선 후기의 기록들에서 전우치보다 도술이 더 뛰어난 인물들로 자주 언급되는 이들은 장도령, 정렴, 윤군평 등입니다. 괴이한 도술로 세상을 우롱하던 전우치가 길에서 장도령만 보면 공손하게 예의를 차리고 두려워하였습니다. 이를 지켜보던 사람들이 도술이 뛰어난 전우치가 왜 장도령에게 그렇게 굽실거리는지 알 수 없어 그 이유를 물어보았습니다. 전우치는 우리나라에 뛰어난 신선이 세 명 있는데, 장도령이 으뜸이고, 다음이 정렴이며, 그다음이 윤군평이니, 자기가 어찌 공경하면서 두려워하지 않을 수 있겠느냐고 대답했다고 합니다. 이 세 명에 대한 행적도 전우치에 대한 기록과 마찬가지로 상당히 환상적이고 초월적인 성격이 강한데, 한두 가지만 간략히 소개하면 다음과 같습니다.

장도령

장도령은 서울의 종로거리에서 거지차림으로 상투를 틀지 않은 모습이었기 때문에 도령이라고 불렸습니다. 어느 벼슬아치가 구걸을 하는 장도령을 불쌍하게 여겨 자주 돌봐주곤 하였는데, 어느 날 길에서 장도령의 시체를 보고 슬퍼했습니다. 수십 년이 흘러 그 벼슬아치가 지리산을 지나다가 길을 잃고 헤매다가 이상한 별천지에 이르게 되었습니다. 그때 푸른색 도포를 입은 어떤 사람이 그를 환대하며 자기가 예전의 장도령이고, 죽어서 지리산을 관리하는 신선이 되었다고 말했습니다. 장도령은 성대한 잔치를 벌여 예전의 은혜에 보답하고 돌려보냈는데, 벼슬아치가 나중에 그곳을 다시 찾으려 했지만 찾을 수 없다고 합니다.

정렴

정렴(1505~1549)은 세 사람 중 행적이 가장 잘 알려져 있는 인물로, 우의정을 지낸 정순봉의 아들입니다. 어려서부터 재능이 특출하여 천문·지리·산수·외국어 등에 능통하였고, 유가는 물론 도가와 불가에도 밝았으며, 의약에도 조예가 깊어 책을 편찬하기도 했습니다. 정렴에 대해 전해지는 이야기 중에 친구와 관계된 것이 있습니다. 정렴에게 한 친구가 있었는데, 그 친구가 자기의 수명을 알려 달라고 여러 번 청했습니다. 정렴이 그 친구가 내년에 죽을 것이라는 사실과 함께, 만리재에서 소에 땔나무를 싣고 오는 노인을 만나 그에게 목숨을 늘려 달라고 끈질기게 얘기해 보라고 말했습니다. 친구가 노인을 만나 부탁을 하니 노인이 모르는 척했지만 친구는 하루 종일 따라다니며 애걸을 했습니다. 노인은 결국 정렴이 보낸 것을 알고 있었다고 하면서 정렴의 수명을 덜어서 친구에게 주겠다고 말하고 돌려보냈습니다. 정렴에게 돌아온 친구가 사연을 이야기하니, 정렴도 이미 알고 있었다고 하면서, 그 노인은 사람의 목숨을 주관하는 천상의 신선이라고 대답했다고 합니다.

윤군평

윤군평은 윤세평이라고도 불리는 사람으로, 항상 몸이 뜨거워 한겨울에도 차가운 철 조각을 양 겨드랑이에 끼고 지냈고, 차가운 물로 목욕을 했다고 합니다. 또한 전우치와 관련된 이야기도 전합니다. 도술을 부려 사람을 납치하며 장난질하는 전우치를 윤군평이 괘씸하게 생각하여 잡아다 죽이려고 했습니다. 전우치가 이를 알고 자기 부인에게 오늘 윤군평이 자기를 죽이러 집으로 올 테니 밖에 나갔다고 말하라고 하고, 자기는 작은 벌레로 변신하여 그릇 속에 들어가 숨었습니다.

잠시 후 윤군평이 아름다운 여인으로 변신하여 찾아와 전우치를 만나러 왔다고 했습니다. 부인은 전우치가 그 여인과 바람을 핀 줄 알고 화가 나 전우치가 숨어 있는 그릇을 깨뜨렸고, 숨어 있던 벌레의 모습이 드러났습니다. 여인으로 변신했던 윤군평이 다시 큰 벌로 변해서 그 벌레를 마구 쏘아 댔고, 전우치는 본래 모습으로 돌아와 죽고 말았다고 합니다.

깊이 읽기

지금 다시 읽는 〈전우치전〉의 의미

● 하나이면서 여럿인 〈전우치전〉

구름을 타고 하늘을 날아다니며 부적을 붙이고 주문을 외면서 몸을 변신하여 못된 사람을 혼내고 어려운 사람을 도와주는 것을 내용으로 하는 〈전우치전〉은 환상적인 도술과 강자에 대한 징치, 약자에 대한 구제 등을 통하여 독자들에게 통쾌함을 선사 하는 대표적인 고전의 하나입니다. 2009년에 원작을 상당히 개작하고 과거와 현대를 넘나드는 이야기로 각색한 영화로 만들어져 많은 관객의 호응을 받았으며, 최근 그 인 기에 힘입어 후속편이 제작될 거라는 소식도 들립니다. 전우치는 영화 말고도 드라마 나 만화 등 다양한 문화 콘텐츠에서 즐겨 찾는 소재가 되었습니다.

　〈전우치전〉은 16세기 조선 중종 때를 전후해서 활동한 실존 인물 전우치(田禹治)와 관련된 다양한 한문 기록들을 활용하여 19세기경에 만들어진 한글소설입니다. 16~19 세기 한문 기록에 나타나는 전우치는 개성 출신이고 도술을 발휘하여 가난하거나 병 든 사람을 구제하기도 하고, 세상을 속이고 장난 치고 다니다가 자신보다 도술이 높은 사람과의 도술 대결에서 패배하기도 하고, 백성을 혼란스럽게 한다는 죄목으로 쫓기 다가 자결하거나 잡혀 옥사했다고 하는 등 다양한 일화가 전하는 인물입니다. 긍정적 인 면모도 전하지만 요망한 술법을 구사해 세상을 속였다는 부정적인 평가도 있어서 정확한 실체를 파악하기가 쉽지 않습니다. 한글소설로 만들어지기 이전에 한문을 자 유롭게 읽고 쓸 수 있는 지식인들 사이에서 벌써 전우치에 대한 평가가 일관되지 않고 복잡하였다는 의미일 것입니다. 전우치에 대한 이런 다양한 시각들이 모아지고, 나름 대로의 구조화를 통하여 가다듬어지면서 통속적인 대중소설로 완성된 것이 한글소설 〈전우치전〉입니다.

　우리나라의 한글 고소설은 대부분 언제 만들어졌는지, 누가 만들었는지 등 창작과

제작에 대한 정보가 거의 알려져 있지 않습니다. 조선 시대에는 한글로 무엇인가를 기록한다는 것 자체가 크게 환영받지 못하는 행위였고, 소설이 문학의 여러 장르 중에서도 특히 부정적으로 인식되었던 전반적인 사회적 분위기 때문에 대중들이 즐겨 읽는 소설을 만들어 내고도 작가가 떳떳하게 자신의 이름을 밝히지 못했습니다. 사정이 이렇다 보니 한글 고소설 시장에는 저작권이라고 할 만한 인식이 없었고, 필요하다면 누구나 소설의 창작 또는 개작에 참여할 수 있었습니다. 이러한 결과로 모방작이라고 할 만한 유사한 성격의 작품이 다수 생겨났고, 같은 제목의 작품 내에서도 내용이 약간씩 다른 많은 이본(異本, version)이 나타났습니다. 이것은 우리나라의 고소설이 중국이나 일본 또는 다른 어떤 문화권의 소설과도 비교되는 독특하고도 중요한 특성입니다.

〈전우치전〉은 현재 알려져 있는 이본이 20여 종인데, 그 제목이 〈전우치전〉이 아닌 〈전운치전〉, 〈전울치전〉 등으로 되어 있는 것들도 있습니다. 또한 이 중에는 우리가 익숙하게 알고 있는 내용이 아닌 것들도 있습니다. 보통 〈전우치전〉이라고 하면, 구미호로부터 도술을 터득한 전우치가 국왕이나 권력자들을 징치하고 곤궁에 빠진 백성들을 도와주다가 강림도령·서화담과의 도술 대결에서 패배하고 결국 서화담을 따라 산으로 들어갔다는 내용입니다. 학교 교육에서도 이런 〈전우치전〉을 가르치고, 대중 매체에서도 이런 〈전우치전〉을 활용합니다.

그런데 〈전우치전〉 이본 가운데 4~5종은 전혀 다른 전우치에 대한 이야기를 하는 것도 있습니다. 강원도 관노(官奴)의 아들로 태어난 전우치는 노승에게 수학하여 도술을 습득합니다. 집안을 해치리라는 점괘를 믿은 부친으로부터 살해의 위협을 느끼고 출가하여 도적의 우두머리가 되고 절의 재물을 약탈합니다. 그 후 전우치는 중국 황제를 찾아가 황금 대들보를 탈취하고 온갖 도술을 부려 황제를 농락한 후 조선으로 돌아옵니다. 조선의 왕이 우치를 잡으려 하니 우치가 스스로 자수하여 중국 황제를 농락한 이유를 말하고 다시 중국으로 들어갑니다. 중국 황제가 우치를 잡아 죽이려 하지만 우치는 도술로 다시 황제를 농락하고 사라집니다. 전우치가 연나라 공주와 도술 대결에서 승리하여 그녀와 혼인하고, 나중에 연나라의 왕이 된다는 것으로 작품은 마무리됩니다. 이런 식의 내용을 가지고 있는 〈전우치전〉은 전우치의 영웅적인 활약상을 강조하고 중국에 대한 조선의 민족적 우월감을 드러내려는 의도가 있다고 볼 수 있습니다.

　결국 〈전우치전〉은 하나이면서 여럿이 존재하는 셈입니다. 중·고등학교에서 이런 다양한 이본에 대해서 공부하기는 현실적으로 어렵겠지만, 거의 모든 한글 고소설은 이렇게 많은 이본을 가지고 있다는 사실만이라도 알고 있어야 할 것입니다. 보다 전문적인 공부는 대학교에서 할 수 있게 될 것입니다. 이 책에서는 우리에게 더 익숙한 〈전우치전〉, 그 중에서도 가장 일반적으로 잘 알려진 이본인 경판(京板) 37장본(서울에서 판매를 목적으로 목판에 새겨 인쇄한 37장 분량의 책이라는 뜻)을 대상으로 본문을 쉽게 풀어 쓰고 해설을 했습니다.

● 환상적인 도술의 세계

〈전우치전〉에 대해 깊이 있게 살펴보기 전에 작품의 내용을 좀 더 구체적으로 확인해 보겠습니다. 〈전우치전〉은 내용상 크게 다섯 개의 큰 단락으로 나누어 이해할 수 있습니다.

　　　출생 – 도술 습득 – 도술 발휘 – 도술 대결 – 입산수도

　출생 단락에서 고려 말 전숙과 최씨 부인에게 오래도록 자식이 없었는데, 최씨가 신선들이 산다는 영주산에서 약초를 캐던 선동이 품속으로 들어오는 꿈을 꾸고 임신하여 아들 우치를 낳습니다. 총명한 아이로 성장하던 우치는 어린 나이에 부친을 여의고 모친을 모시고 살아가게 됩니다.

　도술 습득 단락에서 전우치는 구미호로부터 두 차례 도술을 배우게 됩니다. 부친의

친구 윤 공에게 글공부를 배우러 다니던 중, 길가에서 젊은 여자로 변신한 구미호와 인연을 맺으면서 그녀의 입 속에 있던 여우 구슬 호정(狐精)을 빼앗아 도술을 습득하게 됩니다. 그 후 전우치는 과거 공부를 하기 위하여 세금사라는 절에 머물다가 젊은 과부로 변신한 구미호의 실체를 적발하고 꾸짖으면서 그녀로부터 천서(天書)를 빼앗아 또 한 차례 도술을 깨우치게 됩니다. 전우치가 고상한 도사나 노승을 통해 도술을 습득한 것이 아니라 요망한 구미호를 통해서 습득하였다는 사실은 전우치라는 인물에 대한 평가, 더 나아가 작품 〈전우치전〉의 평가가 긍정적이지 않았던 것과 관계가 있습니다.

도술 발휘 단락은 도술을 습득한 전우치가 본격적으로 자신의 도술을 마음껏 펼치는 대목으로, 작품에 나타나는 순서에 따라 간단하게 정리해 보면 다음과 같습니다.

① 국왕 농락
② 상서 양문기 징치
③ 하급 관리 징치
④ 소생·설생 징치
⑤ 호조 창고지기 장계창 구제
⑥ 가난한 백성 한재경 구제
⑦ 선전관 징치 1
⑧ 염준 반란 진압
⑨ 선전관 징치 2
⑩ 음란한 승려 징치 1
⑪ 도승지 왕연희 징치
⑫ 음란한 승려 징치 2
⑬ 투기 심한 민씨 징치

이 단락의 대부분은 전우치가 도술을 발휘하여 누군가를 징치하거나 구제한다는 내용입니다. 몇 가지만 뽑아서 살펴보면, ① 도술을 습득한 전우치는 더 이상 과거 공부에 매진하지 않고 선관으로 변신하여 고려왕에게 옥황상제의 명령이라며 황금 대들보를 만들게 하고 약속한 날 다시 나타나 그것을 가지고 유유히 사라집니다. ④ 사치와 향락의 파티를 즐기며 없어 보이는 사람을 무시하는 소생·설생에게 성기를 사라지게 하는 도술을 부려 곤궁에 빠지게 합니다. ⑦, ⑨ 선전관이라는 벼슬을 제수받고 궁궐에 들어간 신입 관리 전우치를 선임 선전관들이 업무적으로 과도하게 몰아치고 또 신고식을 억지로 강요하는 횡포를 저지르자, 도술을 부려 그들의 부인을 몰래 데려와 기생처럼 술시중을 들게 한다든지 귀신과 도깨비를 시켜 지옥으로 보내는 꿈을 꾸어 반성하게 합니다. ⑪ 전우치를 모함하던 도승지 왕연희의 모습으로 변신하여 그의 집으로 가서 진짜 왕연희 행세를 하면서 진짜 왕연희는 구미호의 모습으로 바꾸어 버려 고초를 겪게 합니다.

한편 징치와 구제는 동전의 양면과 같아서 누군가를 징치한다는 것은 다른 누군가를 구제한다는 의미이고, 누군가를 구제한다는 것은 다른 누군가를 징치한다는 의미가 됩니다. ② 상서 양문기는 형사 소송에서 사법적인 판단을 내려야 하는 고위 관료입니다. 전우치가 양문기를 징치하는 이유는 양문기가 자기와 친분이 있는 조씨 성을 가진 사람을 풀어 주고 대신 이씨 성을 가진 사람에게 누명을 씌워 진범으로 만들어 처벌하려 했기 때문입니다. 결국 양문기에 대한 징치는 이씨를 구제하는 셈이 됩니다. 양문기는 고위 관료이고 이씨는 힘없는 백성입니다. ③ 일반 백성들이 먼저 구입한 돼지머리를 알량한 권력으로 중간에서 탈취하는 하급 관리를 징치하는 대목이나, ⑩, ⑫ 과부에게 음심을 품고 그녀를 차지하려던 승려를 징치하는 대목 등은 징치와 구제가 동시에 발생한다는 것을 잘 보여 줍니다. ⑤ 단지 장부를 잘못 정리한 죄로 사형이라는 형벌을 받게 된 창고지기 한재경을 구원하는 것은 결국 국가의 형법 체계가 불합리하다는 것을 드러내는 것과 같고, ⑧ 백성들을 노략하고 죽이면서 국가에 반역을 일으킨 염준을 징치하는 것은 결국 힘없는 백성을 구제하는 것과 같은 의미입니다. 징치의 대상은 예외 없이 상대적으로 강자이고, 구제의 대상은 약자라는 것도 일관되게 나타나는 공통점입니다.

　전우치가 발휘하는 기상천외하고 환상적인 도술은 독자들의 흥미를 이끌어 내는 중요한 수단으로 작용하고, 힘없는 약자의 편에 서서 권력자들을 징치하는 전우치의 태도는 독자들의 마음을 위로하는 역할을 수행하게 됩니다. 그런데 이런 식의 여러 일화가 병렬적이면서 반복적으로 나열되는 것이 도술 발휘 단락의 서술 방식이고, 개별 대목 사이에 인과관계가 긴밀하지 못하기 때문에 단순 나열식 병렬 구조(여러 에피소드를 인과적인 순서 없이 늘어놓은 구조)라는 평가를 받아 왔던 것입니다.

　도술 대결 단락은 전우치와 동문수학하던 친구 양봉안이 상사병을 앓고 죽어 가자 전우치가 나서서 도술로써 친구가 흠모하던 정씨 과부를 납치하는 것으로 출발합니다. 그런데 지금까지 한 번도 자신의 도술에 대항하는 사람을 만나 본 적이 없던 전우치에게 고수들이 나타남으로써 도술 대결이 시작되는 것입니다. 과부를 납치하여 돌아가던 전우치 앞에 강림도령이라는 인물이 나타나 도술 대결을 펼치게 되고, 이 대결에서 강림도령이 승리하면서 전우치의 올바르지 못한 도술 사용을 경고하게 됩니다. 다시 서화담을 찾아간 전우치는 그와의 도술 대결을 펼쳐 이번에도 패배를 맛보게 됩니다. 서화담 역시 국왕을 농락하고 함부로 도술을 남발하는 전우치를 꾸짖으며 나중에 자신과 함께 영주산에 들어가 신선의 도를 닦을 것을 제안합니다.

　입산수도 단락에서 전우치는 모친을 정성으로 봉양하다가 모친이 세상을 떠나자 자신을 찾아온 서화담을 따라 영주산에 들어가는 것으로 작품은 마무리됩니다.

● 〈전우치전〉의 구성을 어떻게 이해해야 할까?

그동안 학교 교육에서 〈전우치전〉을 이해하고 설명할 때, 강자에 대한 징치와 약자에 대한 구제 등을 통해서 사회의 구조적인 모순을 드러내고 해결하려는 개혁적 성격이 강한 소설이라는 긍정적인 시각이 있었습니다. 그러나 반대로 작품의 구조가 단순한 삽화 나열식으로 되어 있다든가, 주인공 전우치의 성격이 자의적이고 행동에 일관성이 없다는 이유로 말미암아 〈홍길동전〉을 흉내 낸, 수준이 높지 않은 작품이라는 시각도 함께 존재했습니다. 〈전우치전〉을 이해하는 데 있어서 논란의 여지가 있는 부분은 작품의 구조 또는 구성과 관련된 문제와 전우치 행동의 정당성에 대한 문제라고 할 수 있습니다.

기존에는 〈전우치전〉의 작품 구조에서 각각의 단락들이 서로 유기적이고 필연적인 인과성을 가진 완결된 구조를 지니지 못하고 여러 개의 삽화가 단순하게 나열된 수준 낮은 구조라는 지적이 지배적이었습니다. 큰 단락의 차원에서 본다면, '전우치의 출생 – 도술 습득 – 도술 발휘 – 도술 대결 – 입산수도'로 이어지는 서사는 나름대로 전우치의 일생을 순차적으로 따라가면서 자연스럽게 연결된다고 할 수 있지만, 특히 도술 발휘 단락에 나타나는 많은 구체적인 행위 사이에는 필연적인 인과성을 발견하기가 쉽지 않다는 것입니다. 국왕을 농락하여 황금 대들보를 탈취한 전우치가 벌이는 다음 사건이 양문기를 징치하고 이씨를 구제하는 것이어야 할 필연적인 이유가 없어 보이고, 선임 선전관들의 횡포를 징치하는 것과 반란군 염준을 진압하는 것 사이에도 필연적인 인과성이 도드라지지 않으며, 나머지 대목들 사이에서도 인과적 연결이라고 명확하게 느껴지는 부분은 많지 않다고 볼 수도 있습니다. 그러나 이들 대목들 사이에 정말 아무런 연결고리가 없는 것일까요?

시각을 조금 달리한다면 이렇게 볼 수도 있습니다. 도술 발휘 단락을 구성하고 있는 ①에서 ⑬까지의 작은 대목들은 전우치가 관리가 되기 이전의 행동(①~⑥)과 국가에 소속된 관리인 상태에서 벌이는 행동(⑦~⑨), 그리고 다시 관직을 버리고 궁에서 탈출한 다음의 행동(⑩~⑬)으로 나누어 볼 수 있습니다. 관리가 되기 이전의 전우치는 도술을 부려 국왕으로부터 황금 대들보를 탈취하는 것을 시작으로 고위 관료, 하급 관리, 부유한 관리의 자제로 볼 수 있는 젊은 서생들을 차례로 징치하고, 사회적·경제적으로 열등해서 억울한 누명을 쓰거나 삶의 고단함을 느끼는 백성 장계창과 한재경을 국가를 대신해서 구제합니다. 국왕으로부터 부유한 관리의 자제까지, 다시 말해 당시 권력의 최고위층에서부터 권력층의 가족들까지 권력 부패의 스펙트럼을 펼쳐서 보여 주고 그들을 하나하나 징치하는 것으로 화소를 배치한 설정은 결코 우연적이라고 보기 어렵습니다.

전우치는 자진해서 국가에 형식적으로 굴복하고 선전관 벼슬을 받아 궁궐에 들어가서 선임 선전관들의 관습적인 횡포를 한 차례 징치하고, 이어 반란을 일으켜 국가는 물론 백성들의 삶까지 위협하는 염준을 진압한 다음 관리로서 명망을 얻습니다. 그러나 선임 선전관들은 아직도 전우치에게 앙심을 품고 있었기 때문에, 전우치는 그들을 지옥으로 보내는 꿈을 꾸게 함으로써 결국은 완전히 굴복하게 만듭니다. 이렇게 선전관을 징치하는 두 대목 사이에 염준의 반란 진압 대목을 집어넣은 것 역시 나름대로 구상의 결과일 것입니다. 단순하게 처리하자고 마음먹었다면 별개의 사건으로 나열할 수도 있었기 때문입니다. 궁에서 나온 다음 도승지 왕연희를 징치하는 대목 앞뒤에 음란한 승려를 징치하는 대목을 나누어 배치한 것도 마찬가지로 의도와 구상의 결과로 이해하는 것이 마땅합니다.

이렇게 〈전우치전〉의 구조를 좀 더 적극적으로 이해한다면, 이 작품이 강자를 징치하고 약자를 구제하는 여러 개의 삽화를 아무 생각 없이 순서를 고려하지 않고 나열하기만 한 것은 아니라는 것을 알 수 있습니다. 물론 필연성이 극도로 강화된 완결된 형태의 구조라고까지는 할 수 없겠지만, 삽화들 사이에 일정한 관계를 포착할 수 있으며, 그것은 한글소설 단계에서 이름 모를 〈전우치전〉의 작가가 구상한 결과일 것입니다. 한문 기록으로 전해지는 전우치에 대한 일화는 기록자의 전우치에 대한 인식 태도에 따라 다양하면서도 극단적이며 단편적입니다. 이러한 기록들을 어느 정도 수용하면서 한글소설로 만들어진 〈전우치전〉이기 때문에 전우치에 대한 전혀 새로운 상상 또는 구상에서 출발하여 작품을 기획할 수는 애초에 없었을 것입니다. 이미 알려져 있는 삽화들을 나름대로 유기적으로 연결하면서 흥미로운 대중 서사로 완성한 것이 현재의 〈전우치전〉이라고 본다면, 이러한 구조가 〈전우치전〉을 이해하고 평가하는 데에 단점으로만 지적되어서는 안 되고, 보다 적극적으로 작품의 의도를 찾아내려는 접근 태도가 요구된다고 할 수 있습니다.

● 전우치의 행동은 정당하다고 할 수 있을까?

〈전우치전〉과 관련해서 생각해 볼 두 번째 논쟁거리는 주인공 전우치의 행동에서 정당성을 발견할 수 있느냐 하는 것입니다.

모친을 홀로 모시고 살아가던 전우치는 구미호를 통하여 두 차례에 걸쳐 도술을 습득한 다음부터 과거 공부를 중단하고 노모를 봉양해야 한다는 명분으로 도술을 발휘하여 국왕으로부터 황금 대들보를 탈취하고 그것을 팔아 생계를 이어 가는 것으로 작품에는 설정되어 있습니다. 이는 모친에 대한 효도를 성취하기 위해서 국가에 대한 충성을 저버린 것이고, 사적인 이익을 추구하기 위하여 공적인 책임을 망각한 정당하지 않은 행위라고 이해될 수 있습니다. 전우치와의 도술 대결에서 승리하여 그를 굴복시키는 강림도령과 서화담 역시 작품 속에서 전우치를 징계하는 논리로 국왕에 대한 불충(不忠)을 들고 있습니다. 그러나 〈전우치전〉에 형상화된 국왕은 현명하고 어진 임금이 아닙니다. 권력의 최정점에 문제가 있으므로 그 이하 고위 관료부터 시작해서 하급 관리, 그리고 관리들의 자제들까지도 부패한 것입니다. 전우치의 도술 행각은 부패한 권력의 횡포와 약자를 돌보지 않는 사회의 구조적 모순에 경고를 던지는 메시지인 것입니다.

물론 그 과정에서 전우치는 자신에게 직접 위해를 가하는 인물에게 사적인 감정을 실어서 도술을 사용하는 것처럼 보이기도 합니다. 그러나 개인의 문제가 집단의 문제와 무관하지 않다고 생각한다면 다른 해석이 가능합니다. 신입 선전관 전우치가 느끼는 선임 선전관들의 관습적인 횡포는 사실 전우치 자신이 겪지 않더라도 언제든 신입 관리들이 당할 수밖에 없는 문제일 것입니다. 그런 면에서 선임 선전관들은 소위 적폐 세력이라고 볼 수 있습니다. 따라서 전우치가 그들을 징치하는 이유는 감히 자신에게 위협을 가했기 때문이 아니라 신입 관리에 대한 선임 관리의 오래된 관습적인 폐해를 개혁하고자 하는 것으로 이해할 수 있습니다. 도승지 왕연희의 경우도 마찬가지로 이해할 수 있습니다. 전우치의 모든 도술 행위가 정당하였다고 평가하기는 어렵겠지만, 그 중 일부는 전우치 개인의 사사로운 욕망을 실현하기 위한 것이 아니라 공공의 이익을 목적으로 하였다고 볼 수도 있음을 인식해야 할 것입니다.

결국 〈전우치전〉을 지금 우리가 읽어 내는 데에는 보다 적극적인 독법이 필요합니다. 기존의 이해와 해석에만 얽매여서는 〈전우치전〉은 〈홍길동전〉의 수준 낮은 아류작이란 평가에서 벗어나기가 힘들어 보입니다. 그러나 19세기 한글소설 〈전우치전〉을 만들고 읽었던 사람들에게 전우치는 사회에서 제거되어야 할 부정적인 인물로만 인식되지는 않았을 것입니다. 인식과 행동의 한계가 분명히 존재함에도 불구하고 힘들고 고달픈 삶을 살아가던 사람들에게 전우치는 어떤 희망을 안겨 주는 존재였을 것이기 때문입니다.

● 〈전우치전〉의 매력

〈전우치전〉은 여러모로 한글 고소설 중에서도 일반적이지 않은 작품입니다. 주인공이 어려움을 겪다가도 어쨌든 결말에 가서는 성공하여 부귀영화를 누리는, 소위 말하는 해피엔딩으로 작품을 마무리하고 있지도 않고, 완벽한 성격과 능력을 갖춘 영웅적인 주인공이 등장하여 가정과 국가의 위기 상황을 멋지게 극복하고 있지도 않으며, 중국이 아닌 우리나라를 배경으로 하고 있으면서도 국가 및 권력에 대항해서 사회적 모순에 도전하는 위험해 보이는 내용을 담고 있기까지 합니다.

한글 고소설 가운데 가장 많은 작품이 존재하는 유형인 군담영웅소설에서는 고귀한 집안의 아들로 태어나 젊은 시절 고난을 겪다가 스승을 만나 무공을 연마한 다음 외적의 침입 등 국가적 위기 상황에서 국가와 국왕을 구하고 흩어졌던 가족과도 상봉함으로써 가정을 재건하고 국가를 보존하는 영웅들이 주인공입니다. 소대성, 유충렬, 조웅 같은 인물들이 대표적으로 그러한 완벽한 영웅에 해당합니다. 이들은 가정적 차원에서 효(孝)와 국가적 차원에서 충(忠)을 모두 성취한 소위 A급 영웅이라고 볼 수 있습니다. 그들에 비한다면 전우치는 여러 가지 면에서 결격 사유가 많은 B급 영웅입니다. 내밀하게 읽어 내지 않는다면 방자하게 국왕을 농락하고 자신의 사적인 이익을 위하여 도술을 발휘하는 하자가 많은 영웅입니다. 어떤 독자에게는 영웅으로 보이지 않을 수도 있을 정도입니다.

그러나 A급 영웅들이 자신의 가정과 국가의 안녕만을 생각할 때, B급 영웅 전우치는 힘없는 백성들을 더 생각했고 국가적·사회적 모순을 개선하려는 노력을 기울였습니다. A급 영웅들이 이미 갖추어졌던 것을 원래대로 회복하려는 보수적인 현재를 완성하였다면, B급 영웅은 아직 갖추어지지 않은 진보적인 미래를 꿈꿨습니다. 조선 시대에는 이런 생각을 할 수 없었을지 모르지만, 건강한 국가와 사회라면 A급 영웅만으로 유지되지 않고 B급 영웅의 존재도 반드시 필요하다는 것을 지금 우리는 잘 알고 있습니다.

〈전우치전〉은 여러모로 〈홍길동전〉과 자주 비교가 되어 왔습니다. 우리나라를 배경으로 하고 있으면서도 대담하고도 직접적으로 사회의 구조적인 모순들을 들추어 내어 그것을 개혁하려는 의지를 주인공이 강하게 보인다는 점에서 얼마 되지 않는 사회 소설이라는 이름으로 소중하게 다루어져야 마땅합니다. 그러나 홍길동은 전우치에 비해서 훨씬 더 진지하고 성찰적이며 완벽해 보입니다. 자신에게 가해진 서자라는 속박을 사회 제도의 신분 문제로 해석하여 문제 삼고, 약자 구제와 강자 징치라든지 부의 재분배, 권력의 횡포 등의 문제에 진지하게 접근하여 해결해 나가기 때문입니다. 그러한 결과로 결국에는 율도국이라는 이상적인 사회를 구축하기도 합니다. 반면 전우치는 홍길동에 비해 훨씬 즉흥적이고 장난스러우며 위험해 보입니다. 슬슬 구름을 타고 다니면서 눈에 띄는 문제 상황에 즉흥적으로 개입하여 자신만의 방식과 판단만으로 징치 또는 구제를 한다거나, 문제의 본질을 명확하게 깨닫지 못하고 단지 자신에게 굴복시키는 행위를 일삼습니다. 그러다 결국 도력 높은 서화담에게 패배하여 부족한 공부를 하러 산으로 들어갑니다.

전우치는 홍길동과 비교해도 B급 영웅의 굴레를 벗어나지 못하는 것처럼 보입니다. 그러나 홍길동은 우리나라를 버리고 해외에 율도국을 세웠습니다. 율도국이 아무리 이상적인 사회라 한들, 홍길동이 떠나버린 조선 사회는 그 후 어떤 모습이었을까를 상상해 보면 뒷맛이 개운하지는 않습니다. 전우치도 결국 서화담에게 굴복하여 현실을 떠나 영주산으로 들어가는 것은 비슷해 보이지만, 왠지 좀 더 깊은 공부를 하고 난 다음에 어느 날 구름을 타고 다시 나타나게 될 것 같은 기대감이 훨씬 큽니다. 홍길동은 자신의 의지와 판단에 따라 우리나라를 떠난 것이지만, 전우치는 도술 대결에서 패배한 결과로 불가피하게 현실에서 떠난 것으로 보이기 때문입니다.

유충렬보다도 못하고, 홍길동보다도 못한 전우치를 주인공으로 하는 소설 〈전우치전〉은 B급 영웅의 가능성을 지금 우리에게 시사하고 있는지도 모릅니다. 최근 다양한 콘텐츠로 전우치가 다시 소환되는 것은 아마도 이러한 이유와 관련이 있을 것입니다.

- 〈B급 영웅 이야기〉《한국 고전문학 작품론 - 2 한글소설》)를 수정·보완하고 쉽게 고쳐 썼음.

전우치, 너는 누구냐?

● 〈전우치전〉의 시간과 공간 배경은 고려 시대로 설정되어 있습니다. 그런데 역사적 인물 전우치는 조선 시대 사람입니다. 조선 시대 사람을 모델로 소설을 만들었으면서도 배경을 왜 고려 시대로 설정했을까요? 전우치가 유명한 사람이 아니라 몰라서 그랬을까요? 아니면 다른 이유가 있을까요?

● 전우치가 두 차례에 걸쳐 구미호로부터 도술을 발휘할 수 있는 능력을 습득한 다음, 처음으로 그 능력을 발휘하는 것은 고려의 왕으로부터 황금 대들보를 탈취하는 사건입니다. 그런데 착실하게 과거 준비를 하지 않고 단번에 많은 돈을 얻으려고 하는 이 행위를 전우치는 어머니를 봉양하기 위해서라고 말하고 있습니다. 어머니를 봉양하는 효(孝)를 위하여 국왕에게 황금 대들보를 탈취하는 전우치의 행위가 정당성을 가질 수 있는지에 대해서 다양한 관점에서 생각해 보고 이야기해 봅시다.

● 도술을 습득한 이후의 〈전우치전〉 내용은 전우치가 누군가의 잘못을 징치하고, 누군가의 어려움을 구제하는 여러 가지 에피소드로 구성되어 있습니다. 전우치가 징치하는 사람들의 공통점과 반대로 전우치가 구제하는 사람들의 공통점을 찾아 정리해 봅시다. 더불어 전우치가 징치하는 행위와 구제하는 행위에 정당한 이유가 있는지에 대해서 잘 생각해 보고 이야기해 봅시다.

● 전우치는 기본적으로 가난하고 힘없는 약자를 도와주는 행위를 즐겨 합니다. 그런데 전우치가 여성을 대하는 태도를 보면 흥미로운 점을 발견할 수 있습니다. 여성을 대하는 전우치의 모습을 작품 속에서 찾아 정리해 보고, 전우치의 성격에 대해서 이야기해 봅시다.

● 신출귀몰한 도술을 부리던 전우치는 강림도령과 서화담을 만나 도술 대결에서 패배하고 결국은 화담을 따라 영주산으로 들어가 공부를 하는 것으로 이 작품은 끝이 납니다. 그렇다면 조선 시대에 〈전우치전〉을 읽은 독자들은 전우치를 어떤 이미지로 인식했을까요? 본받아야 할 긍정적인 인물로 느꼈을지 또는 본받아서는 안 되는 부정적인 인물로 느꼈을지, 아니면 또 다른 어떤 이미지로 느꼈을지 근거를 갖추어 이야기해 봅시다.

● 조선 시대 사람들은 〈전우치전〉을 돈을 주고 빌려 보기도 하고 사서 보기도 했기 때문에 꽤나 인기 있는 소설이었다고 생각할 수 있습니다. 그렇다면 조선 시대 독자들은 〈전우치전〉을 통해서 어떤 흥미나 교훈을 얻었을까요? 또한 21세기 지금 우리에게 〈전우치전〉은 무엇을 느끼게 하는 작품일까요?

● 2009년에 '전우치'라는 제목의 영화가 만들어졌습니다. 영화 〈전우치〉에서 수용한 〈전우치전〉의 요소는 무엇이 있는지, 그리고 반대로 수용되지 않았거나 변형된 것은 무엇이 있는지 정리해 보고, 고전을 현대적으로 각색할 때 중요하게 고려해야 할 것이 무엇인지 이야기해 봅시다.

참고 문헌

김현양, 《홍길동전·전우치전》, 문학동네, 2010.

변우복, 《전우치전 연구》, 보고사, 1998.

전상욱, 〈세책 〈전운치전〉의 위상과 의미〉, 《열상고전연구》 59, 열상고전연구회, 2017.

정환국, 〈전우치 전승의 굴절과 반향〉, 《민족문학사연구》 41, 민족문학사학회, 2009.

최윤희, 《〈전우치전〉의 구성과 의미에 대한 재고찰〉, 《우리문학연구》 48, 우리문학회, 2015.

국어시간에 고전읽기 26

전우치전, 신묘한 도술로 강자를 속이고 약자를 도왔으나

1판 1쇄 발행일 2018년 12월 24일
1판 3쇄 발행일 2023년 8월 14일

글 전상욱
그림 장선환

발행인 김학원
발행처 (주)휴머니스트출판그룹
출판등록 제313-2007-000007호(2007년 1월 5일)
주소 (03991) 서울시 마포구 동교로23길 76(연남동)
전화 02-335-4422 **팩스** 02-334-3427
저자·독자 서비스 humanist@humanistbooks.com
홈페이지 www.humanistbooks.com
유튜브 youtube.com/user/humanistma **포스트** post.naver.com/hmcv
페이스북 facebook.com/hmcv2001 **인스타그램** @humanist_insta

편집책임 문성환 **편집** 윤무재 **디자인** 한예슬 **본문디자인** 림어소시에이션
용지 화인페이퍼 **인쇄** 청아디앤피 **제본** 민성사

ⓒ 전상욱·장선환, 2018

ISBN 978-11-6080-192-7 44810